おもしろい話(はなし)、集(あつ)めました。Ⓒ(クローバー)

ひのひまり
七都(ななと)にい
無月(むつき) 蒼(あお)
佐織(さおり)えり

角川つばさ文庫

目次

四つ子ぐらし
四つ子のシンデレラ大作戦！
ひのひまり　絵／佐倉おりこ

四つ子ぐらし　あらすじ

私、宮美三風。両親も親戚もいなくって、12年間ひとりぼっちで生きてきたんだけど、なんとある日、四つ子だったことがわかったの！　顔も声もまったく同じ女の子、一花ちゃん、二鳥ちゃん、四月ちゃん。それぞれ別の場所で孤独に育った私たちは今、『中学生自立練習計画』っていう国の政策によって、一つ屋根の下、四人だけで暮らすことになったんだ。大変なこともあるけれど、姉妹四人でいれば、なんだってできる気がするよ！

1 思わぬ依頼

「ふう……終わった、終わった〜」

カバンを持って、学校の階段をおりながら、私・宮美三風は、ひとりごとをつぶやいていた。

二月下旬。

やっと、中学一年生最後の期末テストが終わったんだ。

今日は部活もないし、四つ子の姉妹と待ちあわせて、いっしょに家に帰る予定なの。

お姉ちゃんの、宮美一花ちゃんと、宮美二鳥ちゃん。それから、妹の、宮美四月ちゃん。

みんなで、いろんなおしゃべりをしながら下校するのが、楽しみだよ。

弾む足取りで、昇降口の、すぐ手前のろうかに出たとき。

「あ、三風姉さん」

ななめ前のほうから、声をかけられた。

そこにいたのは、紫色のカーディガンを着て、髪をハーフアップにした、私と同じ顔の女の子。

四月ちゃんだ。

となりには、四月ちゃんの友達の、望月紀美香ちゃん――ミカちゃんもいる。

「四月ちゃん、ミカちゃん」

私は名前をよんで、小さく手をふった。

「三風ちゃん、テストどうだった？」

すぐに、明るくそうたずねてくれたのは、ミカちゃんだ。

ミカちゃんの趣味と特技は、勉強。

同じくらい勉強が得意な四月ちゃんの、友達であり、ライバルでもあるんだ。

私は、「うーん」と、まゆを下げる。

「ちょっとむずかしかったなぁ。国語はできたけど、数学は見直しの時間が足りなかったよ」

「そっか。たしかに、数学は細かい問題が多かったもんね」

「あっ、けど、最後の問題は解けたよ。テスト勉強のとき、一花ちゃんに教えてもらったの」

「一花姉さんは、数学が得意ですし、教え方もじょうずですもんね」

四月ちゃんがそう言った、すぐあと、

「あっ、ウワサをすれば、あそこにいるの、一花ちゃんじゃない？」

そう言って、ミカちゃんが、ろうかの先を指さした。

つられるように見てみると……あ、ほんとだ。

少し離れたところから、こちらに向かってきている人がいる。

ピンクのカーディガンを着て、髪をポニーテールにした、私と同じ顔の女の子。

一花ちゃんだ。

手をふろうかと思ったら……。

一花ちゃんは、ふいに体の向きを変え、お手洗いに入った。

と、思ったら、入れかわるようにして、お手洗いから人が出てきた。

赤いカーディガンを着て、髪をツインテールにした、私と同じ顔の女の子。

二鳥ちゃんだ。

「うふふっ」

とたんに、ミカちゃんが笑いをもらす。

「ミカちゃん、どうしたの？」

「あ、ごめん。今の、一花ちゃんがトイレに入って、一瞬で髪型とカーディガンの色を変えて出

てきたように見えちゃったの。まるで魔法で変身したみたいだなって」

「あぁ、ふふっ、なるほど」

一花ちゃんと二鳥ちゃんは、同一人物かと思うほどそっくり。

だから、トイレに入った一花ちゃんとは別人の二鳥ちゃんが出てきたのに、まるで、一花ちゃんの髪型と服が、一瞬で変わったように見えたんだね。

「そう言われれば、そんな見方もできるかもしれませんね」

四月ちゃんもほほえみ、私も、おもしろい気持ちになった。

そっくりな四つ子、ならではだね。

やがて、

「おーい、三風ちゃん、シヅちゃん、ミカちゃんも」

そう言って手をふりながら、二鳥ちゃんが合流して、

「おまたせ」

数分後、一花ちゃんも合流した。

姉妹四人がそろって、ホッとしたのもつかのま。

「あら、見て」「四つ子ちゃんだ」「四人そろってる」「そっくりだな」――

まわりにいる生徒たちから、そんな声が聞こえてきた。

私たちは、顔も声もそっくりな、四つ子の姉妹。

四つ子なんてめずらしいから、入学したときから目立っていたんだ。

こんなふうに注目されてしまうことには、さすがにもうなれたけど……。

やっぱり、ちょっぴり、ドキッとして、緊張しちゃうよ。

テストのあとは、みんないっせいに下校するから、昇降口はこみあっている。

そのせいで、よけいに大勢の人の目についてしまったみたい。

「は、早く行きましょう」

おとなしくて、ひかえめな性格の四月ちゃんが、あせったようにそう言った。

「そうだね」

「せやな」

ミカちゃんと二鳥ちゃんがうなずいて、靴箱のほうに移動しようとした、そのとき。

「ちょっと待って」

うしろから、声をかけられた。

思わずみんなでふりかえると、そこにいたのは、銀縁メガネの、背が高い女の子。

あ、この子、生徒会書記の、城戸夏妃さんだ。

「城戸さんじゃない。どうしたの？」

城戸さんと同じクラスの一花ちゃんが、少しおどろいたようすで返事をした。

じつは私たち、秋の遠足で、城戸さんとトラブルになったことがあったんだ。

だけど、城戸さんは、私たちにちゃんとあやまってくれたし、そのあと、生徒会のお仕事を、しっかりまじめにがんばっていた。

だから、私も、姉妹たちもミカちゃんも、城戸さんのことを、すっかりゆるして見直したんだ。

「四つ子ちゃん、みんなそろっているわね」

城戸さんは、まわりを気にするようなそぶりを見せながら、歩みよってきた。

私たち姉妹に、何か用があるのかな？

そう思って、首をかしげたとき。

「たのみたいことがあるの」

真剣な口調で、ささやくように、城戸さんは言った。

「たのみたいこと？」

「ここじゃまずいわ。悪いけど、四人とも――よければ望月さんも、ついてきてくれる？」

なんだろう？

いかにも、『ヒミツの話がある』って感じだ。

一花ちゃん、二鳥ちゃん、私、四月ちゃん、ミカちゃんの五人は、小さくうなずきあって、城戸さんのうしろについていった。


「突然ごめんなさい。来てくれてありがとう」

そう言われながら、城戸さんに連れていかれたのは、人気のない生徒会室だった。

私たちは、会議室のようになっているその部屋に入り、すぐに戸を閉める。

そして、全員で輪になって、城戸さんの話を聞くことになった。

「単刀直入に言うわ。四つ子ちゃん。三年生を送る会で、出し物をしてくれないかしら？」

「「「「出し物？」」」」

思ってもみない話に、私たち姉妹は、声をピタリとハモらせた。

ミカちゃんも、おどろいたようすで目を見開いている。

城戸さんは、「ええ」と、小さくうなずき、説明をしてくれた。

「知ってると思うけれど、来月、三年生を送る会があるでしょう。要するに、もうすぐ卒業する三年生の先輩のために、一年生と二年生が、体育館の舞台で出し物をするのよ」

「知ってるけど、その出し物って、あれやろ？　文化部の人らがするんちゃうかったん。吹奏楽部が演奏したり、合唱部が歌を歌ったり」

二鳥ちゃんが問いかけると、

「文化部でなくたって、事前に生徒会へもうしでがあれば、体育館の舞台を使って出し物ができるわ。過去には、男女三人でコントをしたり、野球部全員で歌を歌ったりした例もあるそうよ」

と、城戸さんは答え、話をもどすように続けた。

「この前、三年生に、『三年生を送る会でどんな出し物を見たいか』というアンケートを取ったの。そうしたら、『四つ子ちゃんの出し物が見たい』っていう回答が多数寄せられたのよ。私はその希望をかなえて、三年生を送る会を、より盛りあげたいと思ったの。……どうかしら。協力してくれない？　ああ、もちろん強制じゃないから、ことわってくれてもかまわないんだけど」

城戸さんに問いかけられて、私たち四つ子は、おたがいに顔を見合わせた。

少しの間のあと、

「うちは賛成！　出し物、おもしろそうやん。テストも終わったことやしさ」

すぐに、二鳥ちゃんが元気に手をあげ、そう言った。

「どんな出し物をするかにもよるわよ。本番まで、時間はあまりないでしょ？」

一花ちゃんはうでを組んだ。

どうやら、賛成でも反対でもない、中立の立場みたい。

「あの、僕はその……反対です。体育館の舞台で出し物なんて、やったことありませんし……」

四月ちゃんは、えんりょがちに、ボソボソとそう言った。

私も、どちらかというと、四月ちゃんと同じ意見かなぁ……。

私だって、体育館の舞台で出し物なんて、やったことないし。

それに、目立ってしまうのは、できたら、さけたいような気持ちがあるよ。

私たち四つ子は、国が始めた、中学生自立練習計画の参加者。

子ども四人だけで、一軒家でくらしているんだけど、そのことは、親しい人以外にはナイショにしているの。

目立ちすぎると、ヒミツがバレちゃうんじゃないかって、心配になるんだよね。

「私も――」

と、言いながら、小さく手をあげかけたとき……。

「あ………」

ん？　どうしたんだろう。

ミカちゃん、なんだか、そわそわしてるみたい。

城戸さんや四月ちゃんのほうを、せわしなく、チラチラ見てる。

何か言いたいことがあるのかな？

ふしぎに思って、つい、だまったままでいたら、

「そんなに急には決められないわよね。明日、答えを聞かせてくれるとうれしいわ」

城戸さんは、ふとほほえんで、まとめるようにそう言ってくれたんだ。

2 ミカちゃんの思い

「ミカちゃん、どうかしたの？」

生徒会室を出たところのろうかで、私はミカちゃんにたずねた。

「えっと、あのう……」

ミカちゃんは、言いよどみながら、私たち四つ子の顔をながめる。

ミカちゃん、いつもなら、もっとハキハキ話すのに、やっぱりようすがヘンだ。

「どうしたんですか？　ミカちゃん」

四月ちゃんも、心配そうに、そうたずねた。

すると、ミカちゃんは、ためらうような口調でこう言った。

「あの……もしよかったら、三年生を送る会の出し物、やってみてほしいなって、思ったんだ」

「「「「えっ？」」」」

意外な言葉に、私たち四姉妹の、おどろきの声が重なる。

「こんなこと言ってごめんね……。四月ちゃん、反対だって言ってたのに」

すまなそうに、四月ちゃんへと視線を送るミカちゃん。

そっか、四月ちゃんが出し物に反対していたから、ミカちゃんはえんりょしていたんだね。

「いえ、あの、たしかに、さっきは反対しましたけど……」

四月ちゃんは、とまどっているというよりは、理由を知りたがっているみたい。

「何か、わけがあるの？」

一花ちゃんがたずねると、ミカちゃんは、「うん」とうなずき、教えてくれた。

「前にも、ちょっとだけ話したけど、私、好きな人がいるんだ」

それを聞いて、私は、バレンタインパーティーのことを、ハッと思いだした。

みんなで恋バナをしたとき、ミカちゃん、たしかそんなことを言ってたよ。

「あ、せや。ミカちゃんの好きな人って、三年生やったやんな？」

「そう。三年生の、里井博先輩。私と同じ塾に通ってるの」

ミカちゃんは、二鳥ちゃんに返事をし、話を続ける。

「私、里井先輩の、一生懸命勉強しているすがたが好きなんだ。先輩、塾の授業のあと、いつも一人で自習室に残って勉強してるんだよ。イスに座った先輩のうしろすがたを見るたびに、『私もがんばらなきゃ』って気持ちになって……気がついたら、好きになってたの」

落ちついた口調から、ミカちゃんの、純粋であたたかな気持ちが伝わってきた。

「けどね、私、里井先輩に話しかけたことすらないんだ。告白するつもりもないし、先輩が卒業したら、お別れになっちゃう……」

さみしそうにそう言ったミカちゃんは、スッと顔を上げて。

そして、私たちのほうを見て、ちょっぴり言いにくそうに打ちあけた。

「それでその……じつは、里井先輩、四つ子ファンクラブの会員なんだよね」

「えっ、そうなの？」

私はびっくりして、まばたきをした。

うちの中学校には、私たち四つ子のファンクラブ・その名も、『花鳥風月』があるんだ。

まさか、ミカちゃんの好きな人まで会員だったなんて、知らなかったよ。

ミカちゃんは、もうしわけなさそうに、早口で言う。

「な、なんか勝手な理由でほんとごめん。けど、四つ子ちゃんが出し物をすれば、里井先輩は、きっと喜んでくれると思うんだ。思い出にもなるし、受験勉強のつかれも取れるかなって……。

あっ、もちろん、私に手伝えることがあるなら、なんでもするよ！　だから、どうかな……？」

「なるほど……。そういう事情があったんですね」

話を聞きおえて、四月ちゃんがうなずいた。

「四月ちゃんは、やっぱり、出し物なんてしたくないんだよね……？」

小さな声でそうたずね、目をふせるミカちゃん。

四月ちゃんは、なんて答えるんだろう？

ほんのちょっぴり、ハラハラしていたら……。

少しのあいだ、考えこむように口を閉じたあと、四月ちゃんが、ゆっくりと口を開いた。

「僕は、目立つことが苦手なので、体育館の舞台で出し物をした経験なんて、今まで一度もありません。大勢の人の前で、何か――たとえば、ちゃんと聞こえる声を出したりできる自信もないです。本番になったら、頭が真っ白になって、一歩も動けなくなってしまうかもしれない……」

あぁ、四月ちゃん、ことわっちゃうのかな。

しかたないような、ちょっぴり残念なような気持ちになったとき。

四月ちゃんは、ミカちゃんをまっすぐに見て、はっきりと言った。

「――だから、出し物をするためには、本当にしっかりとした、ものすごく入念な練習が、たっぷり必要になってくると思います。それでもかまいませんか？」

「四月ちゃん……！」

私は思わず、声をもらした。

四月ちゃん、友達のミカちゃんのために、苦手なことをがんばることに決めたんだ。

そう思ったら、胸がジーンとしちゃったよ。

「四月ちゃん、いいの……!?」

おどろいたようすのミカちゃんに、四月ちゃんは、力強くほほえんだ。

「せっかくですし、お手伝いではなく、ミカちゃんもいっしょに出し物をしましょうよ。みんなでがんばって、失敗しないように——いいえ、やるからには、大成功させましょう」

四月ちゃんの前向きな言葉に、私も、一花ちゃんも、二鳥ちゃんも、同時にパッと笑った。

「そうだね。みんなで協力して、大成功させたいよね」

「大丈夫よ、四月。何事も、練習すればうまくできるようになるわ」

「せやな、一肌ぬごか！　きっとめっちゃおもしろい出し物になるわ」

「四月ちゃん、みんな……ありがとう！」

ミカちゃんは、心からうれしそうな顔でお礼を言ってくれた。

さて、そうと決まれば、やることはたくさんある。

「出し物は何がいいかしら？」

「その前に、メンバーはうちら五人だけでええの？」

「ほかの友達もさそってみようよ。湊くんとか、ういなちゃんとか」

「杏ちゃんや直幸くんにも聞いてみましょう。力を貸してくれるかもしれません」

私たち四姉妹が意見を出すと、ミカちゃんも元気にうなずいて言う。

「そうだね。明日、みんなで話しあいをして、何をするか決めよっか。城戸さんには、私から返事をしておくね」

「ありがとうございます、ミカちゃん」

ちょっぴりいそがしそうだけど、楽しいことになりそうだ。

ミカちゃんのために。

ミカちゃんの好きな里井先輩や、もうすぐ卒業する三年生の先輩たちのために、がんばろう。

私は、明るいやる気をみなぎらせて、ふふっ、と笑った。

3　何をしよう？

次の日の放課後。

私たち四つ子と、ミカちゃん。

それから、湊くん、ういなちゃん、杏ちゃん、直幸くんの九人が、使われていない空き教室に集まった。

『三年生を送る会で、出し物をしようと思うの』

っていうことを伝えると、みんな、こころよく協力してくれることになったんだ。

集まったみんなは、私たちの過去や事情を知ってくれている友達だ。

だから、私はもちろん、一花ちゃんも二鳥ちゃんも四月ちゃんも、リラックスしているみたい。

「みんな、本当にありがとう。これだけ人数が集まれば、きっとステキな出し物になるよ」

ミカちゃんが、うれしそうにそう言った。

「お礼なんていいよ」

「そうだよ～」

「出し物をするなんて、ワクワクするもの」

「僕も、がんばります」

湊くん、ういなちゃん、杏ちゃん、直幸くんは、笑顔でそう答えた。

「じゃあ早速、どんな出し物をするか決めたいと思います。何か案がある人はいる？」

黒板の前で、ミカちゃんがよびかけるようにたずねた。

ほんの少しのあいだ、シーンとしたあと、

「えーっと、準備期間も短いことだし、たとえば、みんなで歌を歌うのはどう？」

杏ちゃんが、小さく手をあげ、そう言ってくれた。

「あ、せやな。ピアノの伴奏やったら、うちできるで」

二鳥ちゃんも、うれしそうにもうしでてくれたけど、

「うーん……。三年生の先輩たちは、僕ら四つ子の出し物を見たがってるんですよね」

「あ～。それならなんていうか、もっと、四つ子ちゃんらしい出し物っていうかー……」

「四つ子にしかできないような出し物のほうが、いいのかもしれないですね」

四月ちゃん、ういなちゃん、直幸くんが、もっともな意見を言ってくれた。

「四つ子にしかできないような出し物って、どんな出し物かな？」

私は、そうつぶやくように言って、考えこむ。

「うーん、せやなあ……。うちらにしかできひん、そっくりな四つ子ならではの、みんなをあっとおどろかせるような、まるで魔法みたいな、すごい出し物がしたいなあ」

「あんまりハードル上げないほうがいいわよ、二鳥」

一花ちゃんが二鳥ちゃんにつっこんで、みんながクスッと笑った。

私もいっしょになって笑っちゃったけど、二鳥ちゃんの言うことも、ちょっとはわかるよ。

何かないかなぁ。

私たちにしかできない、そっくりな四つ子ならではの、みんなをあっとおどろかせるような、まるで魔法みたいな……。

……魔法？

その言葉で、私は、昨日のできごとを、ふと思いだした。

――「今の、一花ちゃんがトイレに入って、一瞬で髪型とカーディガンの色を変えて出てきたように見えちゃったの。まるで魔法で変身したみたいだなって」

そうだ、これならいいかもしれない！

私は手をあげ、みんなに言った。

「みんな、劇はどうかな？　魔法で変身するシーンのある劇！　たとえば……シンデレラとか」

すると、その場の全員が私に注目した。

「変身するシーンのある劇？　なぜですか？」

ふしぎそうな顔をした四月ちゃんに、私は、自分のアイディアを説明した。

「ボロボロの服を着たシンデレラと、ドレスを着たシンデレラを、姉妹でそれぞれ演じるの。私たち四つ子は、同じ顔をしてるでしょ。だから、ちがう服を着て入れかわると、まるで、魔法にかかって一瞬で変身したように見えるんじゃないかって思って」

「ああっ、なるほど！」

「すごくおもしろそう！」

すぐに、湊くんとミカちゃんが同意してくれた。

「変身すれば、観客の人は、『あの子は四つ子のうちのだれ？』って注目するでしょうし――」

「――めっちゃ盛りあがりそうやん。まさに、うちら四つ子にしかできひん劇やな！」

一花ちゃんと二鳥ちゃんも、うなずいている。

「でも、シンデレラが変身するのは、舞踏会に行く前の一回でしょ。魔法がとけるのを合わせても二回よ。四人全員は出られないと思うけど、大丈夫かしら？」

そう言って、首をかしげたのは杏ちゃんだ。

けれど、

「大丈夫！　変身シーンを増やせばいいんだよ。私にまかせて」

すぐに、ミカちゃんが明るくそう言った。

そして、

「たとえば、こういうのはどうかな？　シンデレラが魔法使いに出会ったシーンで――」

と、アイディアをいくつも出してくれたんだ。

「わぁ、それいいね～」

「ミカちゃん、すごいわ」

「絶対おもろいやん！」

ミカちゃんの提案に、みんなはすぐに賛成した。

私も、ミカちゃんのアレンジがおもしろくて、すごくワクワクしてきたよ。

「では、決まりですね。僕らの出し物は――」

「『変身劇・シンデレラ』！」

四月ちゃんとミカちゃんがそう言うと、全員が、笑顔でうなずいたんだ。

そのあと、大いそぎで劇の準備と練習が始まった。

短い期間の練習でもなんとかなるように、できるだけセリフの少ない脚本を、ミカちゃんが作ってくれた。

衣装や大道具は、杏ちゃんと直幸くんが演劇部と交渉してくれて、借りることができた。

私も、がんばらなきゃ！

メンバーみんなが集まって、思いおもいに劇の練習をしている、放課後の空き教室。

そこで、私は、せいいっぱい大きな声でセリフを言ってみる。

劇では、マイクなしで、体育館全体にとどくような大きい声を出さなくちゃならないんだ。

だけど……うーん……。

声の大きさばかりに気を取られていると、単にさけんでいるだけみたいになっちゃうな。

もっと、感情が伝わるような演技がしたいんだけど、むずかしいなぁ。

『本番までに、うまくできるようになるかな？』

って、不安になったけど……。

「『待って！』……『いいえ、私はシンデレラです！』……」

私のとなりでは、四月ちゃんが、だれより熱心に劇の練習をしていた。

四月ちゃんは、劇をするなんて初めてだって言っていたし、大声を出すことも苦手だ。

セリフはほんの少しなのに、どうしても、大きな声を出すことができないみたい。

「『待って……！』……『いいえ、私はシンデレラです……っ』……」

ああっ、練習のしすぎで、声がかれそうになってるよ。

「四月、ちょっと休憩したら？」

一花ちゃんが、心配そうに、四月ちゃんへ声をかけた。

私も、

「四月ちゃん、お茶を飲んで」

と水筒を差しだす。

四月ちゃんは、ふーっと息をつき、

「ハア……すみません……」

と、ひたいのあせをぬぐいながら、水筒を受けとった。

「シヅちゃん、大きい声出すのムリやったら、うちが代わりに、シヅちゃんの役やろか？　あ、それか、マイク使ったりする？」

二鳥ちゃんも、そうたずねてくれたけど、

「いいえ、大丈夫です。ありがとうございます」

四月ちゃんは、それをことわった。

そして、ふと、教室のすみに目をやる。

四月ちゃんの視線の先にいるのは——。

台本を片手に、一生懸命、練習をしているミカちゃんだ。

「目立つことも、大きな声を出すことも、たしかに得意ではありませんが……できるだけ、努力してみたいんです。だって、ミカちゃんはあんなに真剣に取りくんでいる……。僕だって、がんばって力を貸したいです」

四月ちゃん、苦手なことでも、せいいっぱい力を出しきろうとしているんだ。

そう思ったら、私は、はげまされたような気持ちになって、心があたたかくなっていた。

一花ちゃんと二鳥ちゃんも、応援するように笑ってる。

「それなら、練習あるのみだわ。四月も三風も、もっと堂々と、おなかから声を出してみて」

「身ぶり手ぶりも、ちょっと大げさなくらいやったほうが、感情が伝わると思うわ」

「うんっ」「はい！」

お姉ちゃんたちのアドバイスに、私と四月ちゃんは、同時にうなずいた。

そして、劇の練習に、ますます力を入れたのだった。

4 四つ子、魔法で大変身

時は流れて、いよいよ、本番当日。

『三年生を送る会』の時間がやってきた。

「がんばるぞ！」

「おーっ」

薄暗い舞台裏。

劇のメンバー九人全員で円陣を組むと、やる気が体のすみずみにみなぎった。

『次の出し物は、チーム四つ子のみなさんによる、「変身劇・シンデレラ」です』

司会の人が、マイクでそう言うのが聞こえてきた。

すると、観客席のほうからは、

「四つ子ちゃん!?」「四つ子ちゃんたちが劇？」「すごいね」「楽しみっ」――

と、早くも期待の声があがっている。
はあぁ、ドキドキが止まらないよ。
すぅ、はぁ、すぅ、はぁー……。
私が、なんとか深呼吸を終えたとき。
ついに、舞台の幕が開いた。

舞台の上。
観客から見える位置に立っているのは、杏ちゃんと、ういなちゃんと、二鳥ちゃんだ。
『シンデレラは、意地悪な継母とお姉さんに、いじめられていました』
マイクを通した、直幸くんの落ちついた声がひびく。
直幸くんは、ナレーションを担当しているんだ。
「シンデレラ、私たちは舞踏会に行ってくるわ。あなたはお留守番よ」
ドレスを着た、継母役の杏ちゃんが、ノリノリでそう言った。

「お屋敷を、すみからすみまでおそうじしておくのよ〜。いいわねー？」

同じようにドレスを着た、いじわるなお姉さん役のういなちゃんも、なかなかの演技だ。

二人はスタスタと歩き、舞台からいなくなる。

すると、ツギハギの衣装を着た、シンデレラ役の二鳥ちゃんが、ため息をついた。

「あぁ、私も舞踏会に行きたかったなあ。王子様に、ひと目お会いしたかったな……」

観客席のほうからは、

「あの子だれかしら」「一花ちゃん？」「二鳥ちゃんじゃない？」——

「でも関西弁じゃないよ」「三風ちゃんか、四月ちゃんだろ」——

と、ささやくような声が聞こえてくる。

注目が集まってから、ふたたびナレーションが入った。

『そのとき、ふしぎなことが起こりました。シンデレラの目の前に、魔法使いのおばあさんが現

れたのです』

魔法使いの衣装に身をつつんだミカちゃんが、さっそうと舞台にすがたを見せ、声をかけた。

「こんにちは、シンデレラ」

そのとたん、二鳥ちゃん演じるシンデレラは、飛びあがっておどろく。

「きゃあ！　おばあさん、だれ⁉　警察をよぶわよ！」

観客席からは、どっと笑いが起こった。

ふふっ、二鳥ちゃんの演技があんまり上手で、私まで笑いそうになっちゃったよ。

「待って待って、通報しないでシンデレラ。私は魔法使い」

「魔法使い⁉　あやしい！　そんなの信じられないわ。やっぱり警察を――」

「待って待って、信じてちょうだい。これなら信じてもらえるかしら。――それ！」

魔法使い役のミカちゃんが、持っていたステッキを、サッとふる。

それを合図に、

――キラキラキラ……

舞台上に、効果音が流れだした。

『魔法使いが魔法を使いました。すると――』

ナレーションに合わせて、魔法使いは、舞台上の太い柱に、すばやくかくれる。

と同時に、同じ柱から、魔法使いの衣装に身をつつんだ一花ちゃんが現れる！

観客席からは、「おおっ⁉」と声があがり、シンデレラは、目をむいておどろいた。

「ああっ⁉　おばあさんが、私と同じ顔になっちゃった！」

よかった、うまくいった！

一回目の変身は大成功だ。

「私が魔法使いだって、信じてくれたかしら？」

一花ちゃん演じる魔法使いが、すましたようすで問いかける。

すると、

「ええ信じるわ」

と、シンデレラは、感心したようにうなずいた。
「シンデレラ。あなたを舞踏会に行けるようにしてあげる。――それ！」
魔法使いはほほえみ、かけ声とともに、魔法のステッキを大きくふった。
すると、さっきと同じ、キラキラという効果音が流れ――。
二鳥ちゃん演じるシンデレラが、サッと太い柱にかくれる。
同時に、ドレス姿の私が、同じ柱から飛びだす！
「わぁっ」「おおっ」「シンデレラが――」――
「ドレスになった！」「変身だ！」――
観客の人たちは、一気にどよめいた。
よしっ。
二回目の変身も成功！

じつは私、ずっと太い柱のうしろで、待機していたんだ。

二鳥ちゃんと私は、そっくり同じ顔だ。

だから、ツギハギの衣装の二鳥ちゃんが、ドレスの私と入れかわることで、観客の人たちには、シンデレラが魔法で一瞬にして変身したように見えたというわけ。

さあ、セリフだ。

私は、シンデレラのうれしい気持ちが伝わるように、パッと大きく手を広げた。

そして、めいっぱい息をすいこみ、おなかにぐっと力を入れた。

「ステキ！　これで舞踏会に行けるわ。王子様にも会える！　魔法使いのおばあさん、ありがとう！」

やった、うまく言えた！

自画自賛になっちゃうけれど、今までで一番いい演技ができたんじゃないかな。

それは、もしかしたら、私が心から、

『魔法使いのおばあさん、ありがとう』

って思っているからなのかも。

どうして、そんなふうに思っているかっていうとね……。

『シンデレラは、馬車に乗り、舞踏会へと向かいました。あそこにいるのは、王子様です』

そんなナレーションとともに、舞台に現れたのは、王子様。

カッコいい、特別な衣装に身をつつんだ、湊くんだ！

私、じつは、湊くんのことが好きなんだ。

王子様に——湊くんに会えることになって、本当にうれしい。

そんな気持ちが、そのまま演技に出ていたのかもしれないよ。

「シンデレラ。私とおどってくれますか」

王子様のもうしでに、私は笑顔で答える。

「ええ、喜んで」

そして、手と手を取りあい、ダンスをするときのように、湊くんと向かいあった。

あぁ、きっと、すごくたくさんの人が、私たちを見てる。

そう思うと、いくら劇でも、はずかしくてドキドキするよ。

もしかしたら、本物のシンデレラも、こんな気持ちだったのかな？

そう思ったら、役に入りこんで、本当にシンデレラになったような気持ちになっちゃった。

『シンデレラは、舞踏会で王子さまとダンスを楽しみました。しかし――』

――ゴーン、ゴーン、ゴーン……

ナレーションとともに、鐘の音がひびきだした。

『十二時の鐘が鳴りました。間もなく、魔法が解けてしまいます』

楽しい時間はいつまでも続かない。

切ない気持ちになりながら、私はセリフを言う。

「王子様、さようなら」

「待ってくれ、シンデレラ！」

私は、引きとめようとする王子様に背を向け、舞台から走りさる。

——と、見せかけて、サッと太い柱のうしろにかくれる。

同時に、同じ柱から飛びだしたのは、元のツギハギの衣装を着た二鳥ちゃんだ。

王子様もいなくなり、一人ぼっちで、ポツンと舞台の上に立つシンデレラ。

「あぁ、魔法が解けちゃった……。王子様には、もう会えないのかしら……」

がっくりとかたを落としながら、二鳥ちゃんがセリフを言った。

悲しい気持ちが伝わってくる、すごくいい演技だ。

そう思ったと同時に、舞台の照明がゆっくりと消え、あたりは一度暗くなる。

数秒後、ナレーションが流れた。

『三日後。王子様が、シンデレラをさがしに、シンデレラの住む屋敷へとやってきました』

ふたたび、舞台の上には、王子様役の湊くんが現れる。

舞台の反対側からは、継母役の杏ちゃんと、いじわるなお姉さん役のういなちゃんが出てくる。

「この屋敷に、シンデレラという女の子はいますか？」

王子様がそう言うと、いじわるなお姉さんは色めきたった。

「キャ〜！　王子様だわ〜」

継母は、落ちついたようすで王子様に答えた。

「これはこれは王子様。この家に、シンデレラなどという娘はおりませんよ」

いよいよこのあと、四月ちゃんの出番だ。

四月ちゃん、うまくできるかな？

私まで緊張して、グッとこぶしをにぎったとき。

「待って！」

シンデレラ役の四月ちゃんが、舞台の上にかけてきてさけんだ。

よしっ。ちゃんと大きな声が出てるよ。

私は思わず、ガッツポーズを作った。

四月ちゃんが着ているのは、よごれがあちこちについた衣装だ。

「まぁシンデレラ。なあに？　その格好。暖炉のおそうじでもしていたの？」

いじわるなお姉さんに、まゆをひそめてそう言われ、シンデレラはだまりこむ。

継母は、「フン」と、シンデレラをあざ笑うように言った。

「王子様。この娘は、あなたがおさがしのシンデレラではありません。見てください。この灰まみれの服を。あなたと舞踏会でおどった娘は、こんなきたならしい格好をしていなかったはずです」

「そうよ。お母様の言うとおりだわ」

いじわるなお姉さんも同意する。

さあ、四月ちゃんの、次のセリフだ。

「……いいえ…………！」

ああっ、四月ちゃんの声、小さくかすれてる。

しかも、その先のセリフが出てこないみたい。

緊張しちゃったのかな？

頭が真っ白になって、セリフをわすれちゃったのかな？

四月ちゃんは、苦しそうな表情でだまりこみ、胸の前で、こぶしをにぎりしめている。

敵役の杏ちゃんとういなちゃんも、かたずをのんで四月ちゃんを見つめてる。

ど、どうしようっ……!?

すごくハラハラしたけれど……。

……あれ？

観客席の人たち、みんなシーンとして、舞台にくぎづけになっているみたい。

あっ、そっか！

もしかしたら、観客の人たちは、四月ちゃんが苦しそうな表情でだまっていることを、演技だと思っているのかも。

四月ちゃんの必死さが、場面にちょうどいい緊迫感を生んでいるんだ。

がんばって、四月ちゃん！

まだ取りかえせるよ。

そう思って、息をつめたとき。

四月ちゃんが、緊張をたちきるように、手をバッと広げた。

「いいえ、私は、シンデレラです！」

やった！　バッチリだ。

四月ちゃんの声、ちゃんと聞こえたよ。

うれしくてホッとした、まさにそのとき。

『あとはまかせて！』

と言いたげに、ミカちゃん演じる魔法使いが、舞台にタッと走りでてきた。

ミカちゃんは、力いっぱいセリフを言う。

「そうよ、あなたはまちがいなくシンデレラ。王子様と舞踏会でおどったのは、あなたよ！」

同時に、ミカちゃんが、さっとステッキをふった。

すると、さっきと同じように、キラキラという効果音が流れだした。

『いつの間にか、その場に現れた魔法使いが、魔法を使いました。すると――』

ナレーションを合図に、四月ちゃんが、サッと太い柱にかくれる。

それと同時に、ドレスすがたの私が、同じ柱から飛びだす！

観客席が、ワッと盛りあがった。

「シンデレラ！」

私を見て、王子様が、うれしそうに笑う。

「王子様！」

私も、心からうれしい気持ちでそうさけび、王子様のそばにかけよった。

ラストシーンだ。

スポットライトが、私たち二人を、切りぬくように照らしだす。

と同時に、幕が、ゆっくりと閉まっていく。

『魔法使いの魔法のおかげで、シンデレラは、王子様と再会することができました。二人は、いつまでも幸せにくらしましたとさ』

ナレーションが流れると、観客席からは、割れんばかりの拍手が聞こえてきた。

あぁ、やった！

大成功だ！

「やった〜！」「やったわね」「すごいっ」「大成功や！」――

幕が閉まりきってから、私たち劇のメンバーは、舞台に飛びだして喜びあった。

「みんな、ありがとうっ！」

ミカちゃんも、心からうれしそうに笑ってたんだ。

5　私のあこがれ

三年生を送る会が終わったあと。

私たち四つ子は、待ちあわせをして、いっしょに帰ることにした。

私が、昇降口を出たところで、姉妹たちを待っていると……。

最初に一花ちゃんが、次に二鳥ちゃんが、最後に四月ちゃんがやってきた。

やってきたのは、姉妹たちだけじゃない。

「あっ、四つ子ちゃん」

「劇、おもしろかったよ！」

「ドレスを着たシンデレラは、だれが演じてたの？」

「シンデレラが魔法使いを通報しようとするところ、笑っちゃった！」

三年生の先輩たちが、入れかわり、立ちかわり、私たちに話しかけてきてくれたんだ。

「ありがとうございます。楽しんでもらえて、よかったです」

そう返事をしながら、私はとってもうれしくなった。

姉妹たちも、満足そうに笑ってたんだ。

「四月ちゃん！　みんな！」

あ、ミカちゃんがやってきた。

「ミカちゃん」

と、四月ちゃんが、笑顔で手をふる。

「ミカちゃん、劇、ほんまに大成功やったなあ」

「本当ね。三年生の先輩たちが、何人も話しかけてきてくれたのよ」

「みんな、『おもしろかった』って言ってくれたんだよ」

「僕、最初は、出し物をすることに反対してましたけど、やってよかったって思いました。ミカちゃん、言いだしてくれて、ありがとうございます」

二鳥ちゃん、一花ちゃん、私、四月ちゃんが、口々にそう言った。

「ありがとう、みんな、そんなふうに言ってくれて……！」

ミカちゃんは、うれしそうだ。

最初は四月ちゃんも、私も、出し物をすることを、ためらっていた。

劇をするって決まったあとも、『うまくできるかな？』って、不安だった。

だけど、がんばってやってみて、本当によかったよ。

思わず笑顔になった、そのとき。

「あっ、四つ子ちゃん」

声をかけられ、私たちはふりむいた。

そこにいたのは、メガネをかけた、優しそうな雰囲気の、男子の先輩。

ああ、三年生の先輩が、また話しかけてきてくれたんだ。

と思ったら、

「っ！」

ミカちゃんが息をのんだ。

そして、びっくりしたような表情のまま、かすかな声でつぶやく。

「さ、里井先輩……！」

えっ⁉

この人、ミカちゃんの好きな、里井博先輩なの？

「四つ子ちゃん、劇、すごくおもしろかったよ。ありがとう」

「あっ……こちらこそ、ありがとうございます」

あわてたようすで、一花ちゃんが、姉妹を代表するように返事をした。

まさか、里井先輩のほうから話しかけてくれるなんて。

私はもちろんドキドキしてるけど、一花ちゃんも二鳥ちゃんも四月ちゃんも、だれよりミカちゃんも、ドキドキしているにちがいないよ。

そんな私たちのようすに気づくことなく、里井先輩は、ゆかいそうに話を続ける。

「脚本が、とくによかったよ。四つ子ちゃんの変身シーンが多くなるように、工夫されていたよね。考えたのはだれなの？」

あ……！

「「「「ミカちゃんです」」」」

私たち四つ子は、声をぴったり重ねて、ミカちゃんに視線を向けた。

「えっ、あ……はい！」

突然のことに、ミカちゃんが、声をうわずらせながら返事をする。

すると、里井先輩は、メガネの奥の目を、ほんの少し見開いた。

「きみ、魔法使い役だった子だよね。僕と塾いっしょの」

「！」

ミカちゃんは、声も出ないほどびっくりしたようすで、小さくうなずいた。

ミカちゃん、『里井先輩には話しかけたこともない』って言ってたけど、里井先輩は、ミカちゃんのことを知っててくれてたんだね。

うれしさを感じたと同時に、里井先輩が、ミカちゃんに向かって、さらに続けた。

「シンデレラを助ける魔法使い、カッコよかったよ。胸にグッときたっていうか……なんだか、勇気をもらった気がするんだ。ありがとう」

ミカちゃんは、サッとほおをそめて、一瞬だけ固まって。

それから、言葉につまりながらも、口を開いた。

「ありがとうございます。あのっ……私も、先輩の一生懸命勉強しているすがたから、いつも勇気をもらっていたんです。受験勉強おつかれさまでした。先輩は、私のあこがれです」

そう言われて、里井先輩は、少しおどろいたみたい。

だけど、そのすぐあと、

「ありがとう。きみも、勉強がんばって」

角川つばさ文庫
ホームページは
↓↓こちら↓↓
角川つばさ文庫
LINE@やってるよ!
ぼくと友だちになってくま!
二次元コードを読み取って、
お友だち登録してね。

そうお礼を言って、ほほえんでくれたんだ。

「それじゃあね」

軽くえしゃくをして去っていく里井先輩の背中を、ミカちゃんは、ずっと見つめていた。

『三年生を送る会』は終わった。

じきに、卒業式の日がやってくる。

ミカちゃんの瞳は、ほんのちょっとのさみしさで、うるんでいるようにも見えた。

だけど、

「よかったですね、ミカちゃん。里井先輩に喜んでもらえて」

四月ちゃんが、そう、優しく声をかけると、

「うん。……四月ちゃん、姉妹のみんなも、本当にありがとう」

ミカちゃんは、そう言って、幸せそうに目を細めた

んだ。

そのようすを見て、一花ちゃんも、二鳥ちゃんも、四月ちゃんも、あたたかくほほえんだ。

里井先輩と話をして、自分の気持ちを伝えることができてよかったね、ミカちゃん。

私も、心からうれしい気持ちになって、にっこりと笑ったんだ。

ふたごチャレンジ！
ドキドキいっぱい！自転車の旅
七都にい　絵／しめ子

キャラクター紹介

双葉あかね

運動神経バツグンで、
特にサッカーが大好き。
ハキハキしゃべって、
びゅんびゅん動く。
好きな食べものはハンバーグ。

双葉かえで

かわいいキャラクターや、
おえかきが好き。
好きな食べものはチョコレート。

柴沢藤司

あかねの一番のなかよし。
今はサッカークラブだけど、
今年は金管クラブに入るつもり。
かえでのことが好き。

北大路鈴華

リーダーシップばつぐんの
学級委員。
キッパリした性格で、
たのもしい！

秋倉凜

かえでのおえかき仲間で、
一番のなかよし。
人の気持ちを
察するのが得意。

これまでのあらすじ

「女の子は女らしく」「男の子は男らしく」を押しつけられることに、くるしさを感じていた、ふたごのあかねとかえで。10歳の「悪夢のバースデー」をきっかけに、おたがいの性別を入れ替える「チャレンジ」をした2人。結局、みんなにヒミツを打ち明けることを決めて、今では「ありのまま」でいられる友だちができた!!
そして――「悪夢のバースデー」から約1年。今年の「誕生日プレゼント」として、ふたごがもらったものとは……!?

1 新しい相棒をさがせ!?

やさしい陽気が心地いい、春休みのある日。

ウィーン

お店の自動ドアが開くと、目にとびこんでくるのは、

「「わ〜〜〜っ！」」

青、赤、白、グリーン、オレンジ、うす紫――。

ずらーっとならんだカラフルな自転車！

「すごーいっ、こっちからあっちまで、全部自転車！」

「迫力あるねっ」

うち――双葉あかねとかえでは、胸を弾ませながら、顔を見合わせた。

こんなにいっぱいある中から、これからうちらは「自分用の１台」を選ぶんだ……！

転校前に持っていた自転車は、かえでとおそろいのデザインだった。

でもサイズが合わなくなってて、お引越しのタイミングで、さよならしたんだよね。もうすっかり、こっちでの生活に慣れたし。

またほしいなあって、お父さんの仕事の都合で遠くに住んでるお母さんに、電話で話したら。

「ちょっと早めの誕生日プレゼント」として、買ってもらえることになったんだ！

自分専用のものを選ぶって、やっぱりうれしいよね。

もうすぐ高学年に――5年生になるこの春は、気持ちも景色も真新しい。

そんな季節に、自分だけの自転車に乗って、もっといろんな場所へいけるようになるなんて！

ふふっ、想像しただけで、ワクワクしてくるよ！

「あらあら、最近は、いろんなデザインがあるのねえ」

保護者としてついてきてくれたおばあちゃんも、楽しそうにながめてる。

「ねえあかね、どんな自転車がほしいか、もう決まってる？」

「うん！　うちは、ギアチェンジができる、赤色のカッコいいやつがいい！」

そう宣言しながら、キョロキョロ探すと。

カラフルな自転車たちの中に、炎みたいに真っ赤なボディを見つけた。

駆けよってハンドルのところを見ると、ギアチェンジ機能もバッチリついてる！　まさしく、うちが思い描いていたとおりの自転車だ。

……でも、なんだろう。

この自転車に乗るうちを想像したとき、な～んか、しっくりこないような？

真っ赤な自転車を見つめながら、首をかしげていると。

「あかね、こっちのはどう？」

かえでが、はなれたところから手招きして、うちを呼んだ。

すすめてもらった自転車を一目見た瞬間、うちは。

「わ――っ、これ最高！　うち、

これがいい!!」

ビビビッと、うちの脳内に電流が走って、さけんでいた。

ボディは同じ赤色だけど、自転車の形がぜんぜんちがうんだ。

さっきうちが見つけたやつよりシュッとしてて、サドルの位置が高い。

すっごく速そうだし、カッコよく見える！

「うん、あかねに似合ってる」

自転車のそばに立つうちを見ながら、かえではニコッとほほえむ。

うんっ、これこそ、うちの相棒だ。

「かえで、サンキュー！　かえではいいの見つけた？」

「ううん、ぼくはまだ決めきれなくって」

「じゃあ、いっしょに見ていこうよ！」

うちらは、キッズサイズの自転車を、端から1つ1つ見ていく。

「お、このピンクのはどう？」

「んー……これ、22インチだから、ちょっと小さいかな。あと、もう少し落ちついた色味のほうが好きかも」

「なるほどね。じゃあ、あっちのうす紫のは？」

「わ、かわいい。うん、候補その1かな」

そんな感じで、わいわい話しながら進んでいくと。

「あ……これ……！」

かえでが立ち止まって、1つの自転車をじっと見つめる。

「この白の自転車？」

「うん。ボディのホワイトがシックだし、籐の自転車カゴもかわいいなって」

たしかに、真っ白じゃなくて、ベージュが少しまざったような色味だ。

クリーム色ってやつかな。

ひかえめに、ブラウンのお花のデザインもついてる。

「へえ、ちょっと意外かも！」

「自転車をシンプルな色にすると、どんなお洋服を着てもしっくりくるからね」

「！　お洋服……！　なるほど!!」

すごい。

かえでにとっては、自転車も、コーディネーションの一部なんだ。

うちには、その発想はぜんぜんなかったなあ！

「それと、スポデコって言ってね、車輪のスポーク――針金みたいなところに飾りをつけられるんだって。だから、あとからでもかわいくできるしねっ」

「へえええ！　そんなのうちは初めてきいたぞ……！」

かえではうちのふたごのきょうだいで、見た目もそっくり。

だけど、好きなものも、そのえらび方も、ぜんぜんちがう。

うちの知らないことを、たくさん教えてくれる。

ううん……うちらは、おたがいに教えあう。

うちは、うちらのそんなところが大好きだ。

「……決めたっ。ぼく、この自転車にする！」

かえでが、えらんだ自転車をうれしそうに見つめながら言った。

とっておきの相棒を見つけることができたうちらは、笑顔でおばあちゃんのとこへむかった。

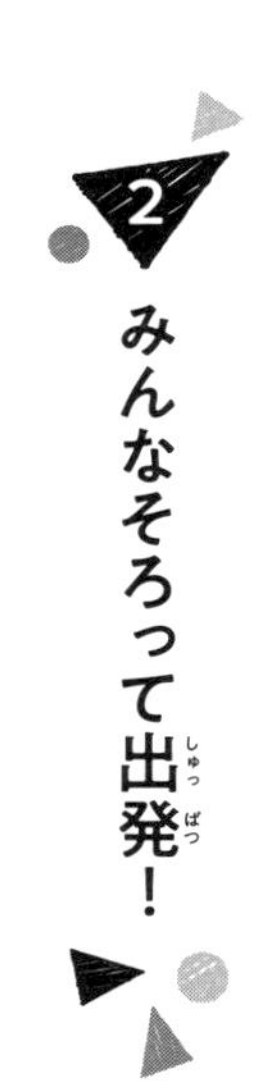

2 みんなそろって出発！

朝9時ちょっと前。

ピンポーンと、待ちわびていたチャイムが鳴った。

『あかねーかえでー！　みんな集まったぜー！』

インターフォンの画面には、ヘルメットをかぶった、藤司の笑顔が映ってる。

「「おばあちゃん、いってきます！」」

「ええ、楽しんできてね」

おばあちゃんに声をかけてから、うちらはおうちを出る。

藤司といっしょに、庭先へむかうと。

「2人とも、おはよう！」

「晴れてよかったねーっ」

おうちの前の道で、鈴華ちゃんと凜ちゃんが、自転車のハンドルを持って立っていた。

２人とも、ワクワクした表情で、うちらを迎えてくれる。

「ホントによかったよ！　昨日は雨だったもんね！」

「お出かけの予定がなしになるかもって、ひやひやしたよ……！」

「うちとかえでお手製のてるてる坊主の効果だね、これは!!」

えへんと胸を張ると、凜ちゃんがおどろいた顔で、自分を指さす。

「えっ、わたしも作った！」

「じつは私もよ」

「おれもー！」

「えーっ!?　すごい、そりゃあ超絶晴れるはずだよ！」

うちら、息ピッタリじゃん！

ひとしきり笑ったあと、

「で、新しい自転車って、どんなのにしたんだ？」

「へへ、ちょっと待っててね！」

今日、見てのお楽しみって、３人に言ったんだ。

うちとかえではそわそわしながら、買ったばかりの自転車を、庭の奥からひいてくる。

「うおー、ピッカピカ！」

「かえでちゃんの、色味がおしゃれ！」

「あかねちゃんの赤い自転車、カッコいいわね！　すごくスピード出そう！」

「ありがとっ」

「早くみんなと走りたくて、たまらなかったよ！」

そう。うちらが新しい自転車をゲットしたって話したら。

春休みだし、自転車で、どこかにそろって遊びにいこうってなったんだ！

「みんな、忘れものはない？」

「うんっ！　おにぎりに水筒……」

「あとは、タオルかしらね」

リュックの中身を確認して、準備はバッチリ！

うちは、これまたおニューのヘルメットをかぶると、みんなにむかって言う。

「ひとまず大きめの通りに出たところから、前に前に進んでみようと思うんだけど、どう？」

「いいな、目指すは未知の地か！　ロマンだぜ！」

「道も広いしね。さんせー！」
みんな、ノリノリでうなずいてくれた。
今回のサイクリングは、目的地を決めてない。
どこまでも、自由に進んでみることにしたんだ！
スマホのＧＰＳがあれば、ちゃんとおうちに帰れるからね。
「よ〜し、冒険にいっくぞー！」
ギアは、ひとまず２のままでいいかな。
うちは自転車にまたがると、右足をペダルにかけて、ぐっと力をこめる。
左足を地面から離すと、こっちもペダルをふむ。
右、左、右、左——。
交互にペダルをふみこむうちに、ぐんぐんスピードが出ていく。
さっすが、新しい自転車！
まるで羽が生えてるみたいに、少しの力で、すいすい走るんだ。
風を切って進むの、すっつっごく気持ちいい！
広くて、車とじゅうぶん距離がとれる道に出ると。

うちはますます、ペダルをこぐ足に力をこめる。

のんびりお散歩するのも楽しいけれど。

スピード感とか。

目まぐるしく変わる風景とか。

解放感とか。

胸の奥からこみあげてくる、高揚感とか。

自転車ならではのワクワクが、たしかにある。

はーっ、楽しい。楽しすぎる!!

これ、ギアを3にすれば、もっと速く走れるってことだよね!?

立ちこぎなんかもしちゃって、ひさしぶりに乗った自転車に、心を弾ませていると。

「あかね、速すぎっっ!!」

「待って待って〜〜!」

ふりむくと、いつの間にか、みんなとだいぶ距離ができてしまっていた。

夢中になりすぎて、全力を出しちゃってたみたい。

「ごめんごめんっ!」

うちはスピードを落として、みんなと合流する。

危ない危ない。

最初からこんなにとばしたら、さすがに1日もたないや。

しばらく、みんなで一列になって、まっすぐ走っていると。

だんだん、目新しい景色になってきた。

「うち、このへんから、初めて通る道だ……！」

「おれも、自転車でくるのは初めてだ！」

うしろから、藤司の興奮した声が返ってくる。

歩きじゃとてもこられないし、おばあちゃんの車でも、きたことのない場所。

目に入る看板やお店も見慣れないものばかりで、自然とペダルをこぐペースがゆっくりになる。

あのお店、変わった見た目だな。なんのお店なんだろう？

むむっ、あんなところにスポーツ店！

カッコいいシューズとかあるかなあ、今度いってみたい！

お、あんなところに、見たことないパンダの遊具！

わあっ、ペダルが急に重くなったと思ったら、ここ、ゆる〜い上り坂になってる！

……ああ、やっぱいいなあ、自転車って！

こんなふうに、新しい場所へいったり、新しいお店を見つけたりするたびに。

頭の中の地図がでっかくなって、うちにとっての「世界」が広がっていく。

その瞬間が、うちはたまらなく好きだ！

走るペースを落としたまま、しばらく走行していると。

「わっ、おっきい公園！　すごーい！」

いったことのない、広い公園が少し先に見えてくる。

「あかねーっ、秋倉とかえでが、ちょっと休憩しようってさ！」

いいタイミングで、すぐうしろを走る藤司の声がとんできた。

伝言ゲームみたいで、なんかおもしろいな。

「さんせー！　それじゃあ、公園の前で止まるね！」

うちも、そろそろ一息つきたかったからね。

駐輪場があったから、そこに自転車をならべて、カギをガチャリ。

「あっ、あそこ、ベンチがあるよ！」

「休憩場所にピッタリね」

うちらは長ベンチにすわって、それぞれ飲みものをとりだす。

うちは、リュックから水筒をとり出して、お茶をごくり。

くうーっ、冷えた麦茶が、体じゅうにしみわたる！

「麦茶がうまい!!」

「運動したあとの飲み物って、格別だねえ……！」

かえでも、こくこくとお茶を飲んで、ほうっと体をリラックスさせる。

凛ちゃんも水筒を持ちながら、「ねーっ、生き返る！」と大きくうなずいた。

藤司と鈴華ちゃんは、ペットボトルを持ってきたみたい。

藤司はスポーツ飲料で、鈴華ちゃんはお水かな？

「ねえねえ、わたしたち、どのへんまでこられたのかな？」

「きっともう、車でもすぐにはこられない場所だよ！」

うきうきしながらたずねる凛ちゃんに、うちはニッと笑って答える。

「本当に、どこまでもいけちゃいそうね」

自分たちの足でここまできたんだっていう自信が、うちらの顔を明るくする。

もしも1人だったら、知らない場所を走りつづけるなんて、不安でしかたないかもしれない。

だけど、ここにいるみんなといっしょなら、なんにもこわいものはないよ！

「そうだ、うち、塩レモンアメもってきたんだ。みんなで食べよう！」

うちはガサガサと、リュックの中からアメをとり出す。

「おーっ、サンキュ、あかね！」

「これ、サッカーを習ってたころからのお気に入りなんだ！」

「んーっ、レモン味がスッキリしていいね！」

みんなでアメをなめながら、これからの相談をする。

「まだお昼前だし、もうちょっと行ってみましょうか？」

「そうしよー！」

鈴華ちゃんの提案に、うちらは大きくうなずく。

「次はどんなふうに進もうか？」

「適当に曲がってみるとかっ？」

「いいね。今度は、かえでと凜ちゃんが列の先頭になるのはどう？　一番前を突っ走るの、すっごく楽しいよ！」

「じゃあ、そうしてみようかなっ。ぼくと凜ちゃんで、交互に先頭！」

2人は顔を見合わせて、ニコッと笑う。

「それじゃあ旅のつづきだー！」

「「「おー！」」」

うちらはふたたび、列をなして走りだした――。

緊急事態発生!?

今度はかえでを先頭に、サイクリングスタート！

ゆるやかなスピードで走りだしたかえでが、家と家の間の、細めの道に自転車をむける。

わっ、ここをいくんだ!?

うちが先頭を行ってたときは、スピードをつけやすい広めの道ばっかりだったから、新鮮だ。

列を率いて、ぐんぐん前へ進むのも、すごく楽しかったけど。

次はどっちに曲がるんだろうって、先頭の子にお任せしてついていくのも、予想できなくてワクワクするなあ！

何度も道を曲がると、風景が変わってきた。

今通ってるのは住宅街。

人気が少なくて、昼下がりの、ゆったりした時間が流れてるって感じだ。

「わっ、ここ、道せまっ！」

「車がきたら、ちょっとこわいわね」

「てか、でっかい車だと通れないよな！」

こういう裏道みたいなところ、ザ・冒険って感じで、うちは好きだ。

ゆっくり走っているうちに、さっきまで明るかった空に雲が出てきた。

と思ったら、急にあたりが薄暗くなったのも相まって。

「ここを抜けると、どんな場所へ出るんだろう!?」――っていうドキドキ感がある。

無事に通り抜けて、少し広い道に出た、そのとき。

ポタッ
「ひゃっ！」

ほおに水が当たって、反射的に空をあおぐと。

ポツポツと、細い雨が降っていた。

えええっ、さっきまであんなに晴れてたのに、雨!?

想定外の事態に、うちらは自転車をとめる。

「みんな、レインコート持ってる!?」

「おれはある！」

「私はないわ……」

「うちも！　どうしよ……！」

「わたしも持ってない……。でもまあ、このくらいの雨なら……！」

ポツ……ポツ……

ザアアアアアアアアアアア!!!!

「「「わあああああ――――!?!?」」」

みるみる雨の勢いが強まって、滝のような音が、あたりにとどろく！

こんなバケツをひっくり返したような雨、レインコートがあってもどうにもならないよ!!

「早く雨宿りしないと！」

「でも、雨をしのげそうなところ、見当たらないよ〜っ」

雨の降り出したタイミングがわるかった。

午前中に通っていた道とはちがって、このあたりは民家ばかり。

公園や公民館らしい建物はないし……ど、どうしよう!?

つったっているわけにはいかず、手分けしてうろうろしていると。

「みんな、あっちに喫茶店？　があるよっ！」

凛ちゃんの声が、雨の音にかき消されながらも、どうにかきこえてくる。

雨に打たれながら必死にむかうと、おもむきのあるレトロな家が、ポツンと建っていた。

「喫茶たそがれ」と書かれた、ちょっと古そうな看板が出ているから、たしかにお店なんだろう。

駐輪スペースはないから、迷惑にならないよう、お店にそうようにならべる。

お店の入口のところに屋根がついていて、ようやく雨から逃れることができた。

うちらは顔を見合わせて、ふーっと一息つく。

「全身ずぶぬれだあ……」

「おふろに入ったみたいね」

「ちょっと拭いただけでタオル、あっという間にビタビタ！」

あんまりにもびしょびしょで、うちらは、笑いがこみあげてきた。

気分は、意外にもわるくない。

……でも。

「この雨の中じゃ、動けないね……。どれくらいで止むかなあ？」

凛ちゃんが、どんよりした空を見上げながら、不安そうに言う。

「わからないわね……すぐに止めばいいけど……」

「喫茶店……か。おとなの店だよな」

藤司が、窓からかるく店をのぞく。

うちとかえでも、藤司につづいて、中の様子をうかがう。

いちおう、お店の人らしきうしろ姿が、キッチンのほうに見えるけど……。

「でも、こんなにずぶぬれだと、迷惑だよね……」

シックで落ちついたふんいきのお店なんだ。なかなか、とびらを開ける勇気が出ない。

「とはいえ、店先にこの人数で勝手に居すわるのもね——」

カランコロン

鈴華ちゃんが話しているとちゅう、とつぜん、とびらが開いた。

中から出てきたのは、エプロンをつけた、白髪のおじいさん。

お店の人がうちらに気づいて、出てきたみたい！

「わっ、あの、勝手にすみません……！　雨宿りできる場所を見つけられなくって……！」

うちがしどろもどろに話すと、おじいさんは、おだやかにほほえむ。

「それは災難だったねえ。そんなにぬれていたら風邪をひくよ。エンリョせずに入っておいで」

そう言って、大きくドアを開けて、むかえ入れてくれた。

お店の中には、同じエプロンをつけた、ショートのグレイヘアのおばあさんがいて。

うちらを見た瞬間、目を丸くしてさけぶ。

「あらあらまあ大変！　ビショビショじゃない、すぐに拭くもの持ってくるわね！」

バタバタと、人数ぶんのバスタオルを持ってきてくれた。

「「「ありがとうございます……！」」」

あったかい店内で、ふわふわのタオルに身をつつむ。

「もう1枚いるかしら？　あらでも、ウチにそんなにたくさんないわねえ。うーんハンカチなら……」

おばあさんは右往左往して、うちらよりもあわあわしてる。

「ありがとうございます、バスタオルだけでじゅうぶんです！」

「そう、よかったわあ」

おばあさんが、ほっとしたように、あったかい笑みをうかべて。

うちらの、ちょっと緊張していた心もほぐれた。

「そうだ、ドライヤーも使って？　2階が自宅だから、なんでもあるわよ。ぬれたままじゃカゼひいちゃう」

「わー助かります！」

ドライヤーを当てっこすることで、髪も服も、ほとんど乾かすことができた。

「通り雨だから、きっとすぐに止むわよ」

「今はほかにお客さんもいないし、ゆっくりしていきなさい」

お店の人の厚意にあまえることにして、うちらはソファに腰をおろす。

「ところで、きみたちは小学生かな？」

「はい、そうです。もうすぐ5年生になります」

鈴華ちゃんが代表して、礼儀正しく答える。

「見たことない子たちねえ。どこからきたの？」

「えーっと、緑田小のほうから……！」

学区からけっこう外れているし、怒られちゃうかな？　と身がまえていると、

「緑田小からだって？　はっはっは、すごいなあ！」

おじいさんは、怒るどころか、豪快に笑った。

「でも、このあたりに、遠くから小学生が遊びにくるような場所、あったかしらね？」

「みんなでサイクリングしてたんですっ。いけるところまでいってみよう、冒険しようって！」

「あら、いいわねえ」

「わたしも子どものころ、自転車で遠い場所までいってしまって、門限に間にあわなくてしかられたことがあったよ！」

2人は顔を見合わせて、ニコッとほほえむ。

ふとした拍子に、息がピッタリだなあ。

「あの、このお店はお2人でされてるんですか？」

「ああ。わたしが定年退職してからだから……もう20年くらい2人で店を切り盛りしてるね」

「わあ、20年も！」

「喫茶店をやることは、あたしの昔っからの夢でね。この人がかなえてくれたのよ」

おばあさんがぽんぽんと肩をたたくと、おじいさんは、こそばゆそうに顔を赤くした。

「ま、まあ、わたしもあこがれてはいたからね。チャレンジのきっかけをくれたのはきみだよ」

「夢やあこがれがかなったなんて、ステキですねっ」

あたたかなふんいきが流れる中、かえでが両手を合わせて言う。

「ありがとうね。子どものころの自分に、今のあたしを見せてあげたいわ」

「きみたちには、将来『やってみたいな』って思ってることはあるのかい？」

おじいさんが、やさしくきいてくる。

「「「んー……」」」

考えこむうちら。

いきなりきかれると、パッとこたえられないけど……。

そうだ。今、頭に思いうかぶものを、そのまま伝えてみよう。

「うちは、いろんなことにチャレンジしてみたいな。今日みたいに自転車で目的地を決めずに走ってみるっていうのも、その1つだったし。あとはー……あっナマコを直にさわってみるとか！」

「「ナマコ!?」」

「そう、海の生き物の!!　水族館のふれあいコーナーとかでさわれるらしいよ！　このあいだテレビの水族館特集で見てから、どんな手触りなのか気になってて」

鈴華ちゃんたちは、ビックリしたように口に出したあと、こらえきれず笑いだす。

予想外すぎる答えだったみたいだ。

「うんうん、いいねえ。きみたちは可能性のかたまりだからなあ」

「生き物とふれあうことで、なにか大きな発見があるかもしれないわね」

おじいさんとおばあさんは、ほほえましそうにそう言ってくれた。

「私は、ナマコじゃないけど、イルカはいつかなでてみたいわ」

「鈴華ちゃんはイルカ派かー！」

「おれは、どっちもさわってみたいー！」

「お、どっちも派!?　かえでと凜ちゃんは？」

「ぼくもイルカだよ。イルカのぬいぐるみ、すっごくかわいくて好きだしね」

「わたしもイルカかなっ。でも、ナマコもすこーしだけさわってみたいかも！」

「みんなで水族館にいくのも楽しそうね」

「ねー！」

なんて、ひとしきり盛り上がったあと。

「わ、わたしは……おばあさんみたいに夢があって……」

凜ちゃんが、おずおずと口を開いた。

「あら、なにかしら？」

「わたし……将来、獣医になって、動物を助けたいんです」

「ほう。動物はもちろん、その動物に関わる人のことも助けられる、いい仕事だね」

「勉強は大変かもしれないけどがんばって」

かわるがわるはげまされて、凜ちゃんはほっとした表情で、うなずいてる。

へえ、知らなかった。

凜ちゃんが、獣医さんを目指していたなんて！

やさしくて、よく気がつく凜ちゃんなら、動物

とも心を通わせられるんじゃないかな……！

「ぼくらも、おうえんしてるからねっ」

「うん、ありがとうっ。——あっ見て、雨が……！」

凛ちゃんが指さす窓の先へ、目をやると。

気づけば、滝のようだった音も、窓に打ちつけていた雨も消えていた。

雲の切れ間から、じょじょに太陽が顔を出して、あたりが再び明るくなってくる。

「おやおやよかった。この様子なら、もう心配はなさそうだね」

「はい！　お世話になりました！」

うちらは立ち上がって、ぺこりと頭を下げる。

「今度は、お店のお客としてきますね！」

「うれしいわ、待ってるわね」

「じゃあ、きみたちの冒険のつづきを、楽しんで！」

「「「はい！」」」

うちも、こんなふうに、人に親切にできる人になりたいな……！

4 雨上がりのお楽しみ！

再び、それぞれの自転車を走らせながら。

すうっと大きく息を吸うと、土っぽいにおいのする空気が、肺に広がっていく。

「雨上がりのいいにおいがする！」

「ぼくもこのにおい、好きだよっ」

「おれはあんまりかなー。しめっぽいじゃん？」

「えー、落ちつくにおいだよー！」

そんなふうに、のんびりおしゃべりしながら。

雨上がりでかがやく町を、うちらはならんで、アメンボみたいにすいすい走る。

でも、水たまりには要注意！

スピードを落とさないと、水をはね飛ばして、また服がぬれちゃう！

今度は鈴華ちゃんを先頭に、ゆったりと進んでいく。

春の雨って、いいなあ。

芽吹いたばかりの、みずみずしい緑についた水滴が、太陽の光をあびて、きらりと光ってる。

見ていると、スッキリした気分になれるっていうか……。

また新しい1年が始まるんだなって思えるんだ。

少ーしずつ雨が乾いてきて、道路や建物の色があざやかになってきた。

「わあ、みんな、見て！」

先頭にいる鈴華ちゃんの声がかすかにきこえて、進行方向の先へ目をむけると。

「おーっ、川だー！」

川の近くはくぼんでいて、川岸へとつづく階段が作られてる。

この下のところが、河川敷っていうとこかな？

うちらは自然と足を止めて、川のほうへ近づいた。

「なんか、迫力あるね……!?」

「おう、川の流れが速いような……！」

「昨日雨だったし、さっきの通り雨もあったしね」

あ、そうか。ふだんとは、川の様子がちがうんだ。

「河川敷には降りないほうがよさそうだねっ」

かえでの言葉に、うなずいたとき、

ぐ～……


うちのお腹が、川の水が流れる音に負けじと、力強く鳴りひびいた。

「あーっ、そういえば、お昼ごはんまだ食べてないー！」

「通り雨のせいで、お腹がすくどころじゃなかったものね」

「ここでおにぎり、食べちゃおうぜ！」

「そうしようか。芝生にすわって――って、雨で湿ってるや」

「かんたんに食べられるし、このまま立って食べちゃおうよっ」

自転車のカゴに荷物を入れて、お弁当袋に入ったおにぎりをとりだす。

ちょっとおそめのお昼ごはんを、みんなでぱくり。

おばあちゃんが作ってくれたおにぎり、中身はおかかだ。やった！

ざあざあと、同じリズムで流れる川の音が、耳に心地いい。

ぼんやりききいっていると、だんだん、おにぎりを食べるペースがゆっくりになっていく。

おしゃべりするのはもちろん大好きだけど、こういう時間もいいなあ。

みんなでぼーっとしていると、

「自転車ってすごいね。自分の力で、こんなふうにどこへでもいけちゃうんだから」

かえでが、ぽつりとつぶやいた。

「あれかえで、うちら、前も自転車持ってたじゃん？」

だからこそ、買ったばかりの自転車でも乗りこなせるんだし。

「持ってはいたけど苦手意識が強くて。ほらぼく、補助輪をなかなかはずせなかったでしょ？」

思い出した。

うちはすぐに乗れるようになって、はしゃいで走りまくって、お母さんをこまらせる一方で。

かえでは、お父さんにお休みのたびに連れだされて、つきっきりで指導されていた気がする。

「何度やってもバランスがとれなくて、いっぱいころんで、体も心も痛くて……お父さんに『男なのにはずかしくないのか』って言われたりもして……。どうにか補助輪なしで乗れるようになったけど、自分から乗りたいって思う機会もなくて。あんまり使わないまま、おわかれしちゃったんだよね」

言われてみれば……うちはサッカーの練習に行くのに使ってたけど。

かえでが1人で自転車に乗ってるところなんて、見たことなかったかも。

転校前のかえでは、そもそも、おうちの中にいることが多かったんだよね。

「でも今日ね。みんなといっしょに走って、自転車に乗ること、好きになれたよ」

かえでのあふれ出るような笑顔に、うちらも自然と笑みがこぼれていた。

かえでの両どなりから、鈴華ちゃんと凛ちゃんが、かえでに肩を寄せる。

「私も、自転車に乗っててこんなに楽しかったのは初めてよ」

「わたしも。こんなふうに遠くまで大冒険しようだなんて、思ったこともなかった！」

「かえでといっしょに走れて、よかった！」

「うん……！」

藤司にも、満面の笑みで言われて、かえでは、うれしそうにうなずいた。

「……あ！　みんな、あそこ！」

凜ちゃんが指さす空を見上げてみると、
空のキャンバスに、うっすらと虹が架かっていた。

「「「わ――――っ!!」」」

「キレイ……！」

「ラッキーだねっ」

「やっぱうれしいよなっ、虹を見つけたときって！」

あざやかでカラフルな線が、どこまでも伸びている。

まるで、うちらの今の心模様を、空に映し出したみたい！

「そういえばおれ、前にも河川敷から虹を見たことが――って、あれ？」

藤司がキョロキョロしだしたかと思うと、とつぜん飛び上がった。

「あれ………ここって!?!?」

「藤司、どうしたの!?」

「ここさ、おれのじいちゃん家の近くだ!!」

「あら、すごい偶然ね！」

「めちゃくちゃ遠まわりだったから、ぜんぜん気づかなかった……！」

藤司が、大げさにのけぞるものだから、くすっと笑ってしまう。

「せっかくだし、じいちゃんに電話してもいいか？」

「もちろんだよっ」

藤司はさっそくスマホをとりだして、コール音を鳴らす。

「もしもし！　じいちゃん？　おれおれ、藤司！　今さあ——」

ふふ。おじいちゃんとなかよしなんだな。

藤司が、今近くにいるってことを伝えると。

「えっいいの!?　うん……うん……わかった、みんなを誘ってみる！」

いったん電話を切って、顔を上げた藤司の顔は、妙にキラキラしていた——。

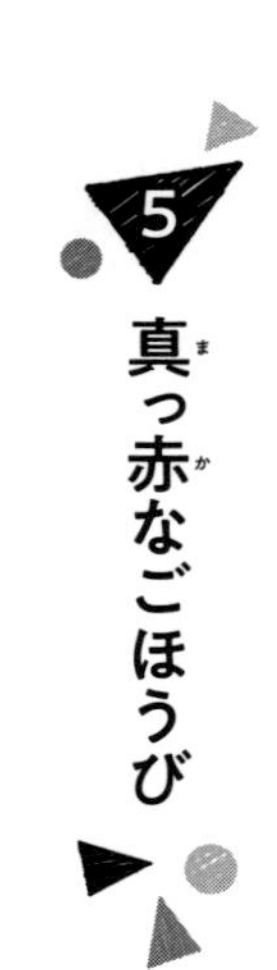

5 真っ赤なごほうび

「おっきいの見っけ！」

「これ、すっごく赤くてあまそう！」

「見て見て、これハートみたいな形してるっ」

ビニールハウスの中を、うちらは自由に歩きまわりながら。

ときおりしゃがみこんで、真っ赤な果実に、ずいっと顔を近づける。

一面にいちごが実っているここは、なんと、藤司のおじいちゃんの畑！

趣味でハウス栽培をしてるんだって！

うち、収穫されていない状態のいちごを見るのは、これが初めて。

「いちごの花って白いんだ、かわいいねっ」

かえでも、興味しんしんに、花や葉っぱにふれている。

低学年のころ、学校の授業で、プチトマトやきゅうりなんかを育てたことがあるけど。

いちごの苗って、そんなに背が高くなくて、土に近い位置で実るんだなあ。

葉は、三つ葉みたいな形でキュートだ。

うちは、目についた大つぶのいちごに、そっと手をのばす。わ。冷蔵庫で冷やす前だから、にぎるとほんのりあったかい。

「みんな、スペシャルデザートがあるぜ！」

藤司が、ビニールハウスの外から、ひらひらとうちらを手招きする。

ぞろぞろとついていくと、おうちの縁側にあがるよう促された。

「じいちゃーん！　いつものちょうだいー！」

家の中へ入っていった藤司が、お盆を持ってかえってくる。

「じゃじゃーん！　おれが毎年じいちゃん家で食べてる、スペシャルメニュー！」

お盆の上にはキュートなピンク色の飲み物と、赤いソースがかかったバニラアイスがのってる。

わあ、オシャレなカフェのメニューみたい！

「これってもしかして、いちごミルク？」

「ピンポーン！」

「アイスの上のソースは、いちごジャムかしら？」

「そう！　どっちも、じいちゃん家でとれたいちごで作ってるんだぜ！」

「えーっ!?」

手作りいちごを使った、手作りデザートって……すごすぎる!!

藤司から、それぞれデザートを受けとって。

「「かんぱーい！」」

まずは、ごくっと、いちごミルクをひとくち！

まろやかで、いちごの酸味が効いていて、いくらでも飲めちゃいそう！

「私、市販のいちごミルクはあんまり得意じゃないんだけど、これは大好き！」

「だろー！　じいちゃん、おれのために毎年極めてるから！」

藤司は、自分がほめられたみたいにうれしそうだ。

鈴華ちゃんはよっぽど気に入ったみたいで、ちびちびと飲んでる。

「じゃあ、アイスのほうもいただきますっ」

かえではひとくち食べると、顔をほころばせる。

「アイスもおいしい……！　アイスとジャムって、こんなに合うんだ！」

「どれどれ、うちも！」

ぱくっ。

うわあああ、おいしい！

いちごジャムは果肉たっぷり！

おいしいのはもちろん、噛んだときの触感も楽しいんだ。

ひんやりアイスとあま～いジャムが、１日サイクリングした体にしみわたっていく。

あっという間に、食べおわっちゃった！

最後の最後まで、いい思い出ができたなあ！

――あっ、そうだ！

アイスを食べて、頭がシャキッとしたうちは、いいことをひらめいた。

「今日の冒険のゴールだもん。みんなで写真を撮らないっ？」

「わあ、いいわね！」

「じいちゃんに撮ってもらおう」

ふたたび外へ出て、各々の自転車をひいてくる。

相棒を自分の横において、準備はバッチリ！

藤司のおじいちゃんが、うきうきした様子でカメラをかまえる。

「さあ、撮るよ！」

「「はいっ、チーズ！」」

パシャッ

さっそく、撮った写真を見せてもらう。

「あれっ、なんかみんな顔赤くない⁉」

「もしかして、日焼けじゃないかな……⁉」

うちが首をかしげると、ハッとした様子でかえでが言う。

「春とはいえ、これだけ日にあたったらね……！」

「ぎゃー、シャワーするとき痛いやつ!!」

真っ赤っかな顔を指さしあって笑う、今のうちらも。

写真の中のうちらも。

とびっきりの笑顔であふれていた。

アオハル100%
#SNSでキミとジャンプ!
無月蒼
絵／水玉子

キャラクター紹介

火花ほむら

スケボーが趣味の元気少女。
フツーにしてても「**目立つ！**」と
言われちゃうのがコンプレックス。

久留見ユウ

ほむらと同じ1年2組。
教室ではほとんどしゃべらない
「**めだたない人**」だけど、じつは!?

遠藤香鈴

責任感が強い、
ほむらの友だち。
最近少しつきあいが
わるかったけれど…。

リュウ

クルミくんが
助けた
迷子の子ども。

#アオハルチャレンジ って？

「**青春仕掛け人**」さんが気まぐれに出す「お題」に
チャレンジして、動画や写真をSNSにポストするの。
チャレンジャー同士でコメントしあったり。
ただそれだけのことなんだけど、やってみたらわかるよ。
すごく楽しいんだ！

もちウサギの
SNSまめちしき
ついてるもち！

1 いいところ、見せちゃおう！

昨日までつづいていた雨が上がって、ひさしぶりにすっきりした青空がまぶしい。
そんな中わたしは、公園にスケボーをしにきていた。
スケボー禁止の公園が多い中、ここには専用のスペースがある。
でも、中学に入ってからいろいろドタバタしていたから、ここにきたのはひさしぶり！
ボードに片足をのせたまま、もう片足で地面をけって勢いをつけスピードアップ。
そこからの、大きくジャンプ。
わたしの体が、ボードごと、空にうく。
そして、着地！
すると、まわりで見ていた小学生たちから拍手がおこった。
「お姉ちゃん、スゲー！」

「カッコいいー！」

「いえーい、ありがと――――！」

わたしはお礼を言いながら、笑顔でガッツポーズをしてこたえた。

おっと、自己紹介がまだだったね。

わたしの名前は、火花ほむら。中1だよ。

今日は、#アオハルチャレンジ　をするために、ここにきたんだけど……って。

あ。

いまどこからか、『アオハルチャレンジってなに？』って声がきこえた気がする。

アオハルチャレンジっていうのは、最近SNSで流行ってる、青春を楽しむための遊びのこと。

発案者は、『青春仕掛け人』という人物。

ルールはカンタン。

①SNSに『青春仕掛け人』さんが『お題』を出す。

たとえば、#友だちといっしょに下校　とか　#食パンをくわえて走る　みたいなね。

②お題を見た人が『お題』にチャレンジして、その写真や動画をSNSにポストする。

――って、これだけ。

でも、やってみるとクセになるおもしろさがあって、うちの中学や、近所の高校とかでも流行ってるんだって！

チャレンジをしてる人のことを、アオハルチャレンジャーって呼んでる学校もあるとか。

そして、今日新しく出された『お題』が、#スポーツで汗きらり　だったの。

学校からの帰り道、スマホのＳＮＳアプリで、#アオハルチャレンジ　を検索すると、もういくつもポストされてた。

グラウンドをランニングしてる陸上部の写真や。

学校の制服を着たまま、バスケットボールの１ＯＮ１をしてる中学生の動画とか。

うーん、どれも「青春」してて、いい感じ！

というわけで、わたしもソッコーで家に帰って。

動きやすい服に着替えて、スケボーをかかえて公園に走ってきたの。

スケボーは、お兄に習って小学生のころにはじめた、ちょっと自慢できる特技。

かっこよく決めたところを写真に撮ってＳＮＳにポストすれば、わたしのアオハルチャレンジも達成！……なんだけど。

でも……かんじんな人が、まだきてないんだよね。

自分がスケボーに乗ってるところを撮るなんてムリだから、だれかに撮ってもらう必要がある。

だから、腕ききのカメラマンさんと、待ち合わせしてたんだけど……。

「……久留見くん、おそいなあ」

スケボーからおりて、公園の入り口を見たけど、そこに人影はない。

クルミくんっていうのは、わたしと同じクラスの男子。

口数が少なくて、教室では1人でいることが多い。

ちょっと前までは、「ぼっち」なのかな？　って思ってたけど、とんでもなかった！

クルミくんは、写真にかける熱い気持ちがある、そして、とってもやさしい人なんだ。

クルミくんの撮る写真が、とっても「青春だ！」って感じられて。

いっしょに、チャレンジをしよう！　ってわたしから声をかけたの。

今日は、得意のスケボーすがたをクルミくんに撮ってもらえる！　って、内心はりきってたんだけどね……。

約束の時間はすぎてるのに、クルミくんはまだやってこない。

ふだんなら遅れたりしないのに、どうしたんだろう？

ひょっとして、べつの用事ができたとか？

けどそれなら、連絡があるよね。

まさか、事故にでもあったんじゃ？

さっきまでスケボーに乗るのを見てた子たちも行っちゃって、スケボーパークにわたし1人。

どうしよう、メッセージしてみようかなあ……って、あれ？

公園のまわりの塀の上から、入り口にむかって歩いていく人の頭のてっぺんが見えた。

あの猫みたいにクセのある、こげ茶色の髪は……

「おーい、クルミくーん！」

名前を呼ぶと、こっちに気づいたクルミくんが、足を早める。

よかった、ちょっと遅れただけだったんだ。

けど、パークの中へと入ってきた彼を見てビックリ。

いつも通り、愛用のカメラを下げてるクルミくん。

けど片手で、3、4歳くらいの小さな男の子の手を引いていたんだもん！

え、その子だれ？

すぐさまスケボーをかかえて、クルミくんのところにむかう。

「火花さんゴメン、遅くなって」

「ぜんぜんいいよ。それよりその子は……」

目をむけると、男の子はビクッとして、クルミくんのうしろにかくれる。

かわいいけど……この反応。

もしかして、わたしのこと、怖がってる!?

「……おねえちゃん、こわい」

えっなんで!?　なにもしてないのにー！

するとクルミくんが、あわてたように言う。

「怖くないよ。このお姉さん、とっても素敵な人だよ」

男の子を安心させるみたいに、視線を合わせて、やさしい声で言うクルミくん。

ええ〜クルミくん、素敵だなんて……。

「この子、クルミくんの弟？」

「ううん。この子、リュウくんって言うんだけど。じつは迷子なんだ」

ええっ⁉

くわしい話をきくと、クルミくんはここにくる途中、道で1人で泣いていたリュウくんを見かけて、声をかけたんだって。

近くに保護者がいないか、いっしょに探してみたけど、見つからず。

しかたなく、交番につれていくために、公園をぬけていこうとしていたんだそう。

それで、ここにくるのがおくれたんだね。

「リュウくん、ママとはぐれちゃったの？……って、別にかくれなくてもいいじゃん！」

リュウくんはクルミくんを盾にしながら、イヤイヤと首をよこにふってる。

なんで〜〜⁉　わたしのどこがそんなにコワいの⁉

「まあまあ。きっとリュウくんは、人見知りなんだよ」

「そのわりには、クルミくんにはなついてるけど」

「それはたまたまで……あっ、そういえば、リュウくんがはぐれたのは、お母さんとじゃなくて、お姉さんとなんだって」

話をそらすようにいわれたけど、リュウくんはコクコクとうなずく。

「うん。リンねえちゃん、いなくなっちゃった」

へー、リュウくんのお姉さん、リンって名前なのかー。

けどこれだけじゃ、どこのだれかぜんぜんわからないや。

……と、思ったそのとき。

「あ、いた！　リュウー！」

公園の入り口のほうから、大きな声がきこえてきた。

見ると、わたしたちの通う中学校の制服を着た女子が、こっちにむかって全力で走ってきてる。

ていうかアレって。

「え、香鈴？」

走ってきたのは、わたしたちと同じクラスの、遠藤香鈴だったの。

香鈴は休み時間や昼休みによく話をする友だち。

すると、リュウくんがうれしそうにかけだしていく。

「リンねえちゃん！」

ひょっとして、リュウくんの言ってた「リンねえちゃん」って、香鈴なの？

それを裏付けるように、やってきた香鈴はリュウくんを抱きしめた。

「こらっリュウ！　勝手にいなくなって、心配したじゃない！」

「ごめんなさーい」

しょぼんとするリュウくんだったけど、無事にお姉ちゃんが見つかってホッとした顔をしてる。

よかったね。

って、クルミくんと顔を見あわせてると、香鈴がこっちをむいた。

「ありがとうございます……って、あれ、ほむら？　それに……えーっと久留見くんだっけ？」

あ、リュウくんといっしょにいたのがわたしたちだって、いま気づいたみたい。

目を見ひらく香鈴。

そしてリュウくんは、またわたしから逃げるように、パッと香鈴のうしろにかくれて……。

だからー！　どうしてわたしのことだけ怖がるのー!?

2 甘くてすっぱいナイスアイデア！

香鈴のおうちの保護者は、お母さんだけなんだって。

少し前から、お母さんは仕事が忙しくなって、どうしても帰りが遅くなるようになって。

それで、香鈴は最近、放課後はまっすぐ保育園にリュウくんをむかえにいって、おうちでめんどうを見ているんだとか。

そういえば、近ごろは放課後にさそっても用があるからって、断られてたっけ。

で、今日はリュウくんをつれてスーパーによったんだけど、買ったものを袋に入れてる途中で、姿が見えなくなっちゃったんだって！

「だって、おそとにネコがいたんだもん」

とリュウくん。

つまりネコを追いかけて店の外に出て、迷子になっちゃったわけか。

香鈴はあわててリュウくんを探したけど見つからなくて、交番にいこうと、この公園を通るところだったんだって。

「2人とも、リュウのこと本当にありがとう！」

と香鈴は涙ぐんでる。

いやいや、わたしはなにもしてないし（おびえられてるだけだし……）。

「リュウはちょっと人見知りでね。はじめて会った人だと、たいてい怖がるんだよ。いっしょに遊んだり話したりしてたら、平気になるんだけどね」

「そうなんだ。じゃあ、わたしが特別怖がられてるんじゃないんだ」

「うん。むしろクルミくんのほうが特別かも。初対面なのに、リュウがこんなになつくなんて」

クルミくんはしゃがんで、リュウくんと目線を合わせながら、握手してる。

リュウくんがクルミくんを気に入った気持ち、わかるかも。

クルミくんのやさしい笑顔は、見ていて不思議と安心できるからね。

「でも、どうしてほむらとクルミくんが？　めずらしい組み合わせだけど」

「え？　……あはは、ぐ、グ、ーゼン、会っただけだよ。グ、ーゼン、わたしがスケボーやってたら、グ、ーゼン、リュウくんを連れたクルミくんがきたんだよ〜」

本当は、待ち合わせしてたんだけどね！

……じつは、クルミくんとわたしがいっしょにアオハルチャレンジをやってることは、学校では秘密にしてるの。

クルミくんは、自分のペースがある人だから、さわがせたくないしね。

わたしはわたしで、男子と付き合ってるのか勘ぐられたり、冷やかされたりするのが**すごく、イヤ**で。

――――――

クルミくんとのいごこちのいい関係を、引っかきまわされたくないんだ。

さいわい、香鈴は素直に納得してくれたみたい。

「本当にありがとね。ほらリュウ、帰るよ」

「え〜、ヤダ〜。まだおにいちゃんに、カメラかしてもらってないもん」

カメラ？

なんの話かわからずにいると、クルミくんが下げているデジカメを指差した。

写真部のクルミくん愛用の、オレンジ色のデジカメだ。

「リュウくんにこのカメラを見せたら、気に入ったみたいで。あとでさわらせてあげるって約束してたんだよ」

「ええっ、そうだったの？　ごめんね迷惑かけて。カメラのことは気にしなくていいから……」

「ええー、しゃしんとりたいー！　お兄ちゃんとあそびたいー！」

クルミくん、すっかりなつかれてる。

やさしいし、めんどう見がいいから、リュウくんが気に入る気持ちも分かるけど。

そんなリュウくんを香鈴がしかる。

「リュウッ、ワガママ言わないの！　**わたしだって、ガマンしてるんだからね!!**　……じゃあね、2人とも」

香鈴はまだダダをこねているリュウくんをひっぱるようにして、いっちゃって。

あとにはわたしとクルミくんが残された。

香鈴が、毎日ちいさな弟のめんどうを見てたなんて、ちっとも知らなかったなあ。

思いかえしてみたら最近、ぜんぜん香鈴と話してなかった。

放課後だけじゃなくて、昼休みや休み時間も、あまりグループの輪に入ってなかったかも？

仲間はずれにしてたつもりはないんだけど、香鈴の生活のペースが変わってから、距離ができちゃってたのかな……。

そのことに、いままで気づけてなかったことが、なんだかモヤモヤする……。

「火花さん？」

「はっ。クルミくん、な、なに？」

「アオハルチャレンジ、しないの？」

「……あ、やるやる！」

いけない。チャレンジのこと、すっかり忘れてたよ。

よーしイメージどおりにジャンプを決めて、クルミくんに撮ってもらおう！

……って、思ったんだけど。

おかしい。

さっきまではちゃんと跳べて、小学生からもかっこいいって拍手してもらったのに。

着地に失敗したり、空中でのターンができなかったりと、ぜんぜんうまくいかないの。

「あ、あれ？　ヘンだなあ。さっきはちゃんとできてたんだよ」

なんだかすごく言い訳っぽくきこえる気がする。

けど、本当なんだから。

するとあせるわたしを落ちつかせるように、クルミくんはカメラをおろして、おだやかな声を出した。

「もしかしたら疲れてるのかもね。いったん休もうか」

ボードから下りて、クルミくんとならんでパーク脇のベンチに腰を下ろす。

しょんぼりして足をぶらぶらさせながら、自販機で買ったオレンジジュースを飲んだけど。

……こんな苦い味だったっけ？

となりではクルミくんは、背筋をまっすぐ伸ばしてアイスカフェオレを飲んでいる。

「……ごめんねクルミくん。せっかくきてもらったのに。上手くできなくて」

「ううん、調子が悪いときなんて、だれにだってあるよ。ただ……火花さん、なんだかあまり集中できてないように見えたんだけど」

「ええっ、そんなこと……」

あ、あるかも？

じつはさっきの香鈴の様子が、どうにも気になっているんだよね。

「遊びたくてもガマンしてるんだからね!!」って言ったときの、香鈴の表情。

スケボーですべってるときも、どこかで考えちゃって……。

クルミくんに言うと、納得したみたいにうなずいてくれた。

「火花さんは、遠藤さんが心配なんだね」

「うん……。おうちの問題なんだから、首をつっこまないほうがいいのかもしれないけど」

「どうだろう。さっきの遠藤さん、オレにもちょっとむりしてるみたいに見えたよ」

じつはわたしも。

リュウくんのめんどうをみるのが大変なのかなとか、遊ぶ時間がなくてストレスがあるのかもとか、色々考えちゃう。

「もちろん、リュウくんのめんどう見るのがイヤってわけじゃないと思うけどね」

「でも、ストレスためるくらいなら、言ってくれたら、わたしのほうが予定を合わせるのに。そうだ、今度遊びにさそおうかな。あ、でもリュウくんのめんどうもみないとダメかあ」

わたしたちと遊びながらリュウくんのめんどうもみるのは、どうなんだろう？

みんなで協力すれば大丈夫かもしれないけど、問題は香鈴がどう思うか。

ふだんの学校での様子を見ていても、香鈴は責任感が強い子だって思う。

そんな香鈴だから、リュウくんのめんどうをみるのを友だちに手伝わせるのはイヤなのかも。

わたしはかまわないけど、そういうのがよけいなお世話になるのかもしれないって思うと……。

そしたらクルミくんが、

「だったらさ、**考え方を変えてみたらどうかな？**　リュウくんのめんどうを見ながら遊ぶんじゃなくて、リュウくんもいっしょにできる遊びをしたらいいんじゃないかなあ」

えっ……？

「リュウくんもいっしょに？　たしかにそれならいいかもしれないけど……たとえばどんな？」

すると、クルミくんがちょっといたずらっぽい顔になって言った。

「**火花さんには、うってつけの遊びがあるじゃない。**オレもリュウくんとの約束を果たせるし」

それって………あっ、そうか！

わたしがわかったたって顔になると、クルミくんがニコッとうなずいてくれた。

よ――――――し！

わたしは、残っていたオレンジジュースを一気に吸いあげる。

さっきまでちょっと苦かったジュースの味が、とても甘ずっぱく感じた。

次の日の放課後。

わたしは昨日と同じように、学校が終わったあと、公園にやってきた。

昨日とちがうのはわたしとクルミくんだけじゃなくて、香鈴、それにリュウくんもいっしょだってこと。

「おにいちゃん、カメラかしてくれるってほんと？」

「うん、約束したからね。しっかり持っててね？」

クルミくんは、さっそくカメラをさし出して、リュウくんは目をキラキラさせながら、それを受けとる。

そしてわたしと香鈴は、そばでその様子を見ていた。

「リュウのために、わざわざありがとね。それに、ほむらまで付き合わせちゃって」

「気にしない気にしない。それより香鈴、アオハルチャレンジって知ってる？」

わたしが話をきりだすと、香鈴は目をまるくする。

「え？　たしか、ほむらたちがよくやってるやつだよね」

知っててくれたんだ。

学校でも、たくさんの子が、＃壁ドンをする　みたいなお題にチャレンジしてるから、目にしていたのかも。

けど香鈴はたしか、チャレンジに参加したことはなかったと思う。

「香鈴もいっしょにやらない？　写真を投稿するだけだから、簡単にできるんだよ。それにSNSのアカウントを作ったら、クラスのみんなといつでもやりとりできるよ」

「そうなの？　けどわたしがアカウント作っても、おもしろいネタもないし……」

「めちゃおもしろいことじゃなくても、写真をポストしたり、思ったことをつぶやいたりしたら、それがほかの人とからむきっかけになるんだって」

香鈴がためらう気持ちも、わかる。

新しいことをはじめるときって、やっぱり勇気がいるもの。

いまからSNSをはじめて、みんなと話があうかな？　とか。


SNSを使うには、まずは会員登録するもち。これを「アカウントを作る」っていうんだもち。でも、ほとんどのSNSは「アカウントを作れるのは13歳以上」ってルールなんだもち。待ちどおしいけど、その歳までは『アオハル100%』を読みながらワクワクしていようもち☆

うまくなじめるかとか、心配しているのかな？

あっ、でも本気で気がすすまないとか、親に禁止されてるとかだったら、むりにすすめないほうがいいよね……とわたしが迷っていたら。

少し考えていた香鈴が、やがてぽつりと言う。

「じゃあ……ちょっとやってみようかな。ほむら、教えてくれる？」

「うん、もちろん！」

わたしたちが使ってるSNSは、アカウントを作るのはそんなに難しくない。

香鈴は『スズラン』っていう名前でアカウントを登録した。

スマホの画面に出た名前を、香鈴は「これがわたしのアカウント……」って言いながら、ジッと見つめている。

わたしも最初アカウントを作ったときは、ドキドキしたなあ。

「どう、アカウントを作った感想は？」

「そう言われても。これだけじゃ、まだわからないよ」

「あはは、そうだね。じゃあさ、まずはわたしとフォローしあおう」

もちウサギのSNSまめちしき

「フォロー」っていうのはSNS上で気になったアカウントが、新しいことをしたときに、お知らせしてくれる便利機能。「だれかをフォローする」って使うもち。自分をフォローしてくれてる人のことを「フォロワー」って呼ぶもち。フォロワーがたくさんいると、たくさんの人から注目されてるってことだもちね。

わたしのアカウントを見せて、すぐに相互フォローをする。

ならんでスマホをいじりながら、なにげなくクルミくんとリュウくんのほうを見ると……。

「撮りたいものにカメラをむけて、ここのボタンを押してみて」

「うん！」

どうやらデジカメの使い方を、教え終わったみたい。

「香鈴、わたしが今日やろうとしてるアオハルチャレンジのお題は、#スポーツで汗きらり　なんだ。リュウくんの撮った写真を、ポストしたらどうかな？」

「え、リュウの写真を？」

「そう。アオハルチャレンジをやってるのって、中高生がほとんどなんだ。だから、リュウくんくらいの子が撮った写真をポストしたら、きっとおもしろがられるかもよ」

それだけで、話のネタになりそう。

なによりリュウくん、いろんな写真を撮っては、目をキラキラさせてるし。

「なら、リュウにまかせてみようかな。それで、なにを撮るの？　スポーツで汗ってことは、ジョギングでもする？」


SNSに、文章や写真を投稿することを「ポストする」っていうもちよ。

もちウサギのSNSまめちしき

いや、こんな暑い中でそれはカンベン。

それより、今日はいいものを持ってきてるんだ！

「ジャーン、これだよ！」

「これって、フライングディスク？」

わたしがトートバッグから出したのは、当たっても痛くない、柔らかな素材のディスク。

「これならリュウくんもいっしょに遊べるって思って、家から持ってきたの」

フライングディスクの遊び方は、遠くに飛ばすだけじゃない。

キャッチボールみたいにペアになった相手と投げあったり、的当てをしたりと、いろんな遊びができるんだよね。

わたしもお兄といっしょに3歳くらいからやっていたし、リュウくんだってできるはずだよ。

「とりあえずわたしとクルミくんでやってみるね。クルミくんカメラの使い方は教えられた？」

「うん。できるよね、リュウくん？」

「しゃしんとる〜♪」

すでにご機嫌なリュウくん。

よし、さっそくやってみよう！

香鈴とリュウくんから少し離れて、クルミくんとも距離をとってから、持っていたフライングディスクを……それっ！

手から放たれたディスクは回転しながら宙を舞い、クルミくんめがけて飛んでいった。

「わっ、おっと！」

つかむさいにちょっとお手玉しちゃったけど、なんとかキャッチ！

つかんだディスクを高々と上げて、手をふってる。

「今度はクルミくんが投げる番ねー。リュウくんは、バンバン写真撮っちゃって！」

「うん！」

リュウくんはパシャパシャと、わたしたちの写真を撮ってる。

リュウくん、昨日はわたしのこと怖がってたけど、すっかり平気になったみたい。

こうして何回かのキャッチ＆スローをくりかえしたあとは、選手交代だ。

「次は香鈴とリュウくんの番だね。リュウくん、こんな感じで投げるんだよ」

リュウくんはさっそく香鈴めがけてディスクを投げたけど……どうにも勢いが弱くてヘロヘロ。

香鈴に届く前に、失速していく。

「わっ、落ちる！」

香鈴はそれでもキャッチしようと前にダッシュしたけど、間に合わずに地面に落ちちゃった。

「あはは〜。おねえちゃんヘタ〜」

「なに言ってるの。リュウもっとちゃんと投げてよー！　もう1回やるよ！」

あ、香鈴のスポーツ魂に火がついちゃったかも？

リュウくんのディスクはなかなか安定しないけど、がんばってそれをキャッチしようとする香鈴のすがたが、見ていておもしろい。

そんな姉弟のようすを、クルミくんが写真に撮っていってる。

「香鈴、楽しんでるよね？」

「大丈夫だと思うよ。だってほら……」

「ほらリュウ、もう1回きなさーい！」

ああ、うん。メッチャ夢中になってる。

香鈴もリュウくんも大きく口を開けて笑っていて、その顔がそっくり。

なかよし姉弟って感じ！

わたしも手をふりながら、スマホのカメラをむける。

そしたら昨日は怖がってたのに、手をふりかえしてくれるじゃない。

もう、かわいいなー！

「ハァハァ……ちょっとリュウ、休憩しよ」

ディスクキャッチを止めた姉弟がもどってきて、ここからもう1つのイベント！

トテトテとやってきたリュウくんに、クルミくんはデジカメのモニターを見せた。

「リュウくんの写真、ちゃんと撮れてるよ」

「ほんとだー。ぼくうつってる！」

「このデータを、火花さんや遠藤さんのスマホに送りたいんだけど……。遠藤さんいいかな？」

撮った写真を、デジカメの転送機能で、香鈴とわたしのスマホに送信。

クルミくんが撮った写真だけじゃなくて、リュウくんが撮影したデータも。

リュウくんは身長が小さいから、撮った写真のアングルが低いし、構図も不安定。

けど。思った通り、これがおもしろい！

「この写真をSNSにポストしたら、アオハルチャレンジ達成なんだっけ？」

「そうだよ！　あ、あげる前にわたしたちの顔を、スタンプで隠さないと」

「そっか、身バレしちゃうものね」

香鈴はSNSは使ったことなかったけど、そのへんは知ってたみたい。

写真を選んで加工すると、それから　#アオハルチャレンジ　#スポーツで汗きらり　の2つのタグをつけてポスト！

香鈴はアカウントを作ったばかりで、まだわたしとクルミくんとしかつながっていない。

もちウサギのSNSまめちしき

写真撮るのって楽しいもちね！　思い出を残せるのも最高もち♥　でもSNSで写真をあげるときは、ちょっと注意しようもち。わるい人に目をつけられたり、写真を勝手に利用されたりするかももち……？　思い出と、みんなに見せる記録は分けて考えようもち。

もちウサギのSNSまめちしき

「タグ」っていうのは、SNSを見てる人にわかりやすくお知らせするためのマークみたいなものもち。言葉の前に「#」を入れると、タグになるもち。タグで検索すると、そのタグがついたポストをかんたんに探せて便利もち！

いきなり大きな反応はないかもしれないけど、それでもポストした写真に、さっそく♥がついた。

「なんか♥がついたけど、くれた人って誰だろう？」

「このユーザーさんは、わたしも知らないや。けど、香鈴たちの写真を、いいって思ってくれたってことだよ」

知ってる人から写真をほめられるのもうれしいけど、顔も名前も知らない誰かからもらう♥も、やっぱりうれしい。

香鈴も同じ気持ちなのか、スマホをにぎってじっと画面を見つめているけど、まだ終わりじゃないよ。

香鈴がＳＮＳをはじめたことを学校のみんなにも教えて、ＳＮＳを通じて繋がる。

それが今回わたしとクルミくんが考えた、**裏アオハルチャレンジ**。

最近若干周りと距離ができちゃってる香鈴だけど、これをきっかけに、元気になってくれたらいいなあって！

すると、リュウくんがディスクを持って、こっちにやってくる。

「ねえ、もういっかいやろう！　つぎはみんなで！」

って言いながらクルミくんと、それにわたしを見あげてくる。

「わたしもいっしょにやっていいの？」

「うん。みんなでやったほうがたのしいもの！」

昨日はあんなにわたしを警戒してたのに、この変わりよう。

リュウくんの基準がわからないけど……だけどうれしい！

その様子を見ていたクルミくんが、ニコッて笑う。

「じゃあ、４人でやろうか。火花さんもいいよね」

「もちろん！」

わたしはいきおいよく返事をして、４人で遊ぶ時間は、最高に楽しかった！

4 2人だけのヒミツ

学校の休み時間。

教室の片すみで、香鈴は打ち明けるように、わたしにこんな話をしてくれた。

「……わたしね、小学校のころにも、お母さんの仕事が忙しくて、リュウのめんどうを見なきゃいけない時期があったの。でも、そのとき学校のみんなと、距離ができちゃってね……」

それまでは、なかのいい友だちと誘いあって、放課後おしゃべりしたり、遊びにいったりしてたのに。

香鈴だけ、それができなくなっちゃって。

仲間はずれにされたわけじゃないけど、みんなが「昨日は楽しかったねー」なんて自分の知らない話をしてるのをきくのが、すごくさびしかったって。

それ、わかるかも。

わたしも小学校のころ「**炎上のほむら**」なんて友だちに遠ざけられてたことがあったから……。

事情はちがうけど、もしかしたら無意識にそんなところに共感して、香鈴のことが気になったのかも。

「もちろん、リュウはかわいいし、お母さんの役に立ててうれしい気持ちも本当だよ？」

「うん。それは香鈴のポストを見てたらわかるよ」

香鈴に、わたしも微笑みかえす。

あれから香鈴はたびたびＳＮＳを更新してて、リュウくんの写真もいくつもポストしてる。

それは笑ってるリュウくんの写真だったり。

リュウくんが撮ったと思われる、香鈴の写真だったり。

そんなふうに姉弟で写真を撮りあうなんてなかよしの証拠だものね。

そして「スズラン」のポストのおかげで、いまでは友だちもすっかり香鈴の事情を知っている。

香鈴がＳＮＳをはじめたことを知ったみんなが、「スズラン」をフォローしたの。

放課後ゆっくりしゃべれないぶん、昼休みに話をしたり、ＳＮＳでやりとりしたり。

香鈴がいそがしいのは相変わらずだけど、事情がわかれば工夫して、新しい遊び方を見つけていけばいいんだよ。

香鈴も楽しそうだし、やっぱりさそってよかったよ。

わたしがホッとしていると、香鈴は思いだしたみたいに、声を小さくしてきいてくる。

「……そういえばほむら、ちょっと気になってたんだけど」

「ん、なに？」

「……ほむらって、クルミくんと、どういう関係なの？　リュウが迷子になったときはグーゼン会ったって言ってたけど。それにしちゃ、息があってない？」

「んぐっ⁉」

するどい――！

い、いまの会話、だれかにきかれちゃった⁉

あわててまわりを見たけど、みんな自分たちの会話に夢中でこちらの話をきいてた様子はない。

でもどうしよう。クルミくんとの関係、できればナイショにしておきたいけど……。

頭のなかで、ぐるぐる考えてるのが、態度に出ちゃったのかな？

香鈴は、なにかを察したみたいな顔になった。

「ひょっとして、ヒミツ？」

「う、うん。できれば……」

「ＯＫ。事情は知らないけど、ほむらがそういうなら、だまっておくね」

口に指を立てて、ナイショのポーズをとる香鈴。

ありがとう香鈴ー！

「そういえばリュウがまた、ほむらやクルミくんに会いたがっているんだけど」

「え、クルミくんだけじゃなくて、わたしにも？」

「うん。昨日も、お姉ちゃんとまた遊びたいって言ってたよ」

そうなんだー。

最初は警戒心むき出しで、怖いって言われてたのに、うれしいな～。

「それで、今度またいっしょに、アオハルチャレンジやらない？　クルミくんも誘って」

「いいね、やろうやろう」

「新しいお題が出るの、いつかなあ？　アオハルチャレンジの内容って毎回ちがうけど、今度はどんなお題が出るんだろう？」

「え？　さ、さあー、なにが出るのかなー？」

返事をしながら、そっと目を逸らす。

じつはまだ1つ、香鈴に話していない秘密があるんだよね。

すると不意に、わたしのスマホにメッセージが届いた。

香鈴に「ちょっと待ってて」と言ってから確認すると、差出人はクルミくんだった。

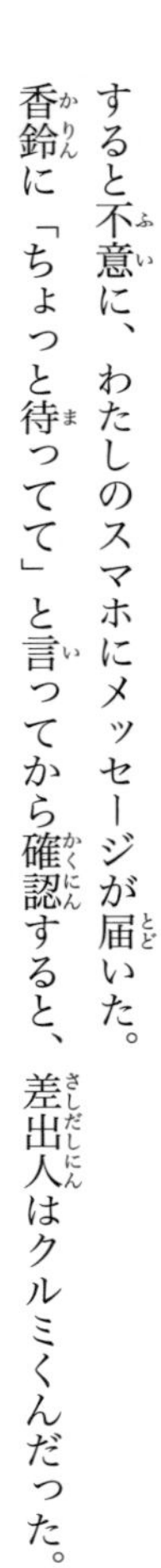

裏アオハルチャレンジ、成功だね。——青春仕掛け人さん

おもわずスマホから顔を上げてクルミくんを見る。

しずかに自分の席についていたけど……。

わたしの視線に気づいて、かすかにニコッと笑ってくる。

——ＳＮＳを通じて、香鈴とクラスのみんなを繋げる。

その裏アオハルチャレンジ、大成功なんだけど……。

メッセージの最後、『青春仕掛け人さん』って言葉に、くすぐったさを感じる。

アオハルチャレンジのお題を出す人、この遊びの発案者である謎の人物、青春仕掛け人。

じつは**その正体は……わたしなんだよね！**

わたしとクルミくんだけが知っている、２人のヒミツ。

香鈴に見つからないよう画面を見ていると、さらに新しいメッセージが送られてきた。

そういえば、この前中断したスケボーチャレンジ。やっぱり、スケボーしてる火花さんを撮りたいんだけど、いいかな？

そうだった。
こっちのチャレンジが、まだ残ってた！

もちろん！
今度こそちゃんとキメるから！

前は失敗しちゃったけど。
絶対カッコいいところを見せて、写真に撮ってもらうんだから！
キレイにジャンプをキメる自分の姿を思い

浮かべながら、クルミくんにメッセージを送った。

DIARY
ときめき☆ダイアリー！
☆思い出のイースター・エッグを探せ！
佐織えり
絵／夕陽みか

わたし、**天野みそら**
ふつうの中学生、なんだけど……

実は、事故で**記憶をなくしちゃったんだ**

でも新学期、ロッカーから、**『わたしの好きな人』**のことが書かれた**ヒミツの日記**を見つけたの！

「過去の自分のためにも、ヒミツの恋の記憶を思い出したい！」と思ったわたしの前に現れたのは、

神代八雲
生徒会長で学校中のあこがれの的。

椿 勇晴
優しいけど無愛想なクラスの中心的存在。

宝正理雨
無口でつかみどころのないクール男子。

3人のワケアリ男子たち!?

しかも、**彼らと目が合ったとき**、頭に**パッと映像が浮かんで**、**胸がドキッとしたんだ**。

あれ、前にも同じ**シチュエーションがあった気がする……？**

『好きな人』って、**この3人**のなかの**だれかってこと!?**

胸キュン☆スリル満点の記憶喪失ラブコメ、はじまるよ！

みそらとうさぎのペン

春の写生大会が終わり、優秀賞の発表を待っていたある日のこと。

「これ、天野の忘れものじゃないか？」

職員室で担任の先生から呼び止められて、あるものを渡された。

「……わたしの、ですか？」

カワイイ**うさぎ柄のペン**だ。

「たぶん、そうじゃないかって。一年のときのロッカーに残ってたらしいぞ」

先生の話を聞いて、思わず首をかしげた。


——わたしの名前は、**天野みそら**。日向第一中学校の二年生。

バレンタインの日に事故にあって、十三年ぶんの記憶を全部なくしちゃったんだ。

記憶喪失のままむかえた新学期。ロッカーで、**手帳**と**宝石箱**を見つけたの。

手帳に書かれていたのは、**『ヒミツの恋』**についての日記！

記憶をなくす前の『私』には、好きだった人がいたみたい。

その人を、**『てるてる坊主くん』**って呼んでいたんだけど、記憶喪失のせいで誰なのかわからなくて……。

おまけに、彼から預かった宝石箱には、ダイヤル式のカギがかかっていたの。

日記によれば、ふたりにとっての大切なものが、なかに入っているらしいんだけど。

箱を開けるには、**4桁の数字**が必要。

だから、なくしてしまった記憶と大切な気持ちを思い出し、宝石箱を開けるため、てるてる坊主くんを探しているんだ。


職員室を後にしたわたしは、幼なじみで親友の**石原香澄**の係の仕事をお手伝い。

荷物を運びながら、うさぎのペンについて考える。

「ロッカーに入ってたっていうなら、手帳と宝石箱みたいに、大切なものだったのかな」

「そうかもしれないね……**ねえ、みそら。日記を見てみたら？**」

日記には、てるてる坊主くんにまつわる思い出が、たくさんつづられている。

もしかしたら、このうさぎのペンについて、何かわかるかもしれない。

「教室に戻って、確かめてみよう！」

わたしとカスミは先を急ぐ。

行き交う生徒たちの間を、スルリと抜けて……と思っていたら、

「わあっ！」

グラリと、バランスを崩した。

そのとき、こちらへかけてきた男の子が、正面からガシッと荷物を支えてくれた。

次の瞬間、あたりにキラキラと星くずのような光が舞う。

スライドみたいに、パラパラと映像が浮かんでくる。

☆☆☆

生徒が行き交う廊下。

崩れそうになる荷物。

かけ寄ってきた彼が、荷物を支えようとしてくれた。

ビックリして立ち尽くしたまま、彼をじっと見つめていた。

☆☆☆

目の前の光景と、浮かんできた映像が、ピタリと重なって見える。

「今、思い出した……」

これは、**デジャブ——なくした記憶の一部。**

いっしょにいたのは、てるてる坊主くんだ。

ときどきこんなふうに、昔のことを思い出すときがある。

映像は、ぼんやりとしていて、てるてる坊主くんの顔までは見えなかった。

けど、あのとき抱いた胸のときめきを、少しだけ思い出すことができた。

「あのさ……」

声をかけられてハッと顔を上げると、女の子みたいにきれいな男の子と目が合う。

彼は、同じクラスの友達の**宝正理雨**。

「危ないから、気をつけて」

「うん。ありがとう、理雨。助かったよ」

理雨と話をしていると、カスミが問いかけてくる。

「みそら、さっき思い出したって言わなかった？」

「そうだった！　日記を確認しなくちゃ！」

カスミと理雨を連れて、急いで教室へ戻る。

荷物を置いて席に戻り、すぐさま手帳を開く。

すると、さっき見たデジャブと一致する内容を発見した。


―――――――――


――係の仕事をしていたとき、荷物を落としそうになっちゃって。

そしたら、てるてる坊主くんが支えてくれたの――。

つまり、**思い出に似たシチュエーションを『誰か』といっしょに体験すると、デジャブが起きて、記憶を取り戻すことができるみたいなの。**

場所や状況と、相手の反応も思い出と一致していないといけなくて……って、なかなか難しいんだけどね。

この方法で、てるてる坊主くんのことを、思い出そうとしているんだ。

「ねえ、カスミ。これ見て」

手帳をめくっていくと、気になる日記が出てきた。


——生徒会主催のイースターエッグハントに参加！

てるてる坊主くんと、イースターエッグを探すことになって。

ふたりで、イースターエッグを見つけることができたの！

それで、生徒会からかわいいペンをもらったんだ。

いっしょにイースターエッグを探した記念に、大切にしよう——。

教室の後ろの掲示板に、ポスターが貼り出されている。

生徒会主催の、『**イースターエッグハント**』は、カラフルにペイントされた玉子＝イースターエッグを校内で探すミニイベント。

この学校では、毎年四月の後半に開催されてて、ちょうど今日がその日なんだ。

「先生たちが、イースターエッグを隠すの？」

「そうだよ。それなら、生徒会の子たちもイベントに参加できるでしょ」

イースターエッグを見つけた人は、ささやかな賞品がもらえるらしい。

「それで、去年わたしがもらった賞品が、このうさぎのペンってことね」

「じゃあ、この日記のとおりにシチュエーションを再現してみたら？」

そう、それ！　カスミの言うとおり。

日記に書かれていたシチュエーションを作って、デジャブを起こせば、記憶を取り戻せるかもしれない。

「よーしっ！　**イースターエッグをいっしょに見つけて、記憶を取り戻そう！**」

てるてる坊主くんのことを思い出して、宝石箱を開けるんだ！

「……ふーん、イースターエッグハントか」

「つっ、椿くん⁉」

――いつの間にとなりに⁉

同じクラスの**椿 勇晴くん**が、ポスターをまじまじと見ていた。

鼻筋がすっと通った、りりしい顔立ち。

椿くんは、二年生で一番目立つ男の子だ。

男子からは一目置かれていて、女子に人気があるらしい。

記憶をなくす前のわたしは、椿くんみたいな男の子は苦手だったたって、カスミから聞いていた。

だけど、どうやらわたしたちは、知り合いだったみたい。

ひょんなことから『写生大会で優秀賞取ったら、昔のことを教えてもらう』という約束をして、ちょうどその結果を待っているところなの。

「もしかして、昔のことを教える気になった？」

「んなわけねーだろ」

ホントに教える気があるのか、ちょっと疑わしいんだよね。

「じゃあ、椿くんには関係ないよね」

わたしが冷たくあしらうと、椿くんはムッとしたような顔をする。

「それなら、イースターエッグハントで勝負しようぜ！」

「……勝負って？」

「先にイースターエッグを見つけて、賞品をゲットできた方が勝ちだ！」

「わたしが勝ったら、昔のことを教えてくれるの？」

「ああ、天野が勝ったら、写生大会の結果を待たずに、今すぐ教えてやるよ」

わたしは、いきおいよく返事をする。

「やる！　勝負するっ！」

それを聞いたカスミが、腕を掴んで引っぱってくる。

「ちょっと、みそら。大丈夫なの？」

「平気だよ。イースターエッグハントするだけだもん」

カスミは椿くんを疑るような目で見て、警戒しているみたい。

——でも、これってチャンスじゃない!?

記憶を取り戻すだけじゃなくて、椿くんから話を聞き出すこともできるかもしれない。

「……オレも参加する」

とつぜんの理雨の参加表明に、椿くんはぎょっとした顔をする。

「おまえは参加しても意味ねーだろ」

たしかに、これはわたしと椿くんの勝負なんだけど。

「意味がないかは、やってみないとわからないよね」

理雨の、この意味ありげな言い草。

椿くんにジロリとにらまれても、理雨は顔色ひとつ変えずにいる。

いったい、何を考えているのかな？

続いてカスミが、「はいっ」と手を挙げる。

「ワタシも参加していい？」

きっと、わたしのことを心配してくれているのだろう。

カスミと理雨は手を取り合い、「がんばろーね」と声をかけ合って、参加する気満々だ。

「それじゃあ、みんなで競争ってことでいいのかな？　ねえ、椿くん？」

わたしの問いに、椿くんはしぶしぶうなずいてみせる。

「ああ、もういいや。わかったよ。そうしよう」

椿くんは、だいぶ投げやりな感じ？

だけど、みんなで競争なんて、なんだかおもしろくなりそう！

「……みそらちゃん！」

名前を呼ばれて振り向くと、**神代八雲先輩**がこちらにやって来る。

いっしょにいた**天野真宙**は、わたしのお兄ちゃんだ。

「八雲先輩！　お兄ちゃん！」

「みそら、何してるんだ？」

「イースターエッグハントで、誰がいちばんに賞品をゲットできるか競争しようって話してたの」

「へぇーっ、面白そうじゃん。おれらも参加しよう。いいよな、八雲？」

お兄ちゃんにさそわれた八雲先輩は、スッと視線をそらす。

「まひろ、ええっと……」

先輩は生徒会長で、運営の仕事もあるだろうし、参加を迷っているのかな。

わたしは、コソッと八雲先輩に耳打ちする。

「八雲先輩、もしかして忙しいですか？」

「大丈夫だよ。今日は、他の子が受付の当番だから」

「それじゃあ、先輩もイースターエッグを探しましょう」

これで、みんなイースターエッグハントに参加することになったわけだ。

「先輩、楽しみですね！」

「うん、そうだね……」

八雲先輩は、笑顔でうなずいてくれたけど——ちょっと様子がおかしいような……？

2 イースターエッグを探して

放課後の校内で、イースターエッグ大捜索！

わたしとカスミ、理雨、お兄ちゃんと八雲先輩、そして椿くんの６人。

――誰がいちばんに、賞品をゲットできるかな？

教室の前に全員そろうと、おにいちゃんが合図する。

「制限時間は下校時刻まで。イースターエッグハント、スタートッ！」

開始と同時に、みんな散り散りになる。

……って、ちょっと待って！

記憶を取り戻すには、誰かといっしょにイースターエッグを探さなくちゃいけないのに！

廊下に、ポツ――――――ン。

オロオロしているうちに、その場に取り残されてしまった。

「カスミ、理雨……お兄ちゃーん……」

誰を追いかけようか迷っていると、背後から声をかけられる。

「みそらちゃん、よかったら僕とふたりで探さない？」

振り向くと、そこにいた八雲先輩が、ニッコリと笑顔をみせる。

「先輩、どうして？」

「ひとりで困ってるみたいだったから、戻ってきたんだ」

たぶん、オロオロしている姿を見られていたんだ。

「困っているといえば、困っているような……」

てるてる坊主くんや日記のことは、八雲先輩にはまだヒミツにしているから、何て説明したらいいかわからずに、ゴニョゴニョと口ごもってしまった。

そんなわたしに、八雲先輩は手を差し伸べる。

「校内のこととか、まだわからないかもしれないよね。だから、いっしょに行こう」

ふたりで、イースターエッグを探すことになった。

八雲先輩は、みんなの憧れの生徒会長。

校内をいっしょに歩いていると、まわりの女の子たちがこちらを見る。

みんな目がハートだ。

相変わらず、先輩は人気だなぁ。

整った顔立ちに加えて、優雅なその姿は、まるで王子様みたい。

横顔をじっと見ていたら、わたしに気づいた先輩が振り向いて、うれしそうに目を細める。

まぶしいくらい、キラッキラの笑顔だ。

「みそらちゃん、どうしたの？　僕の顔に何かついてる？」

「いえ、何でもないです……」

見つめていたのがバレて、はずかしくなったわたしは、あわてて体育館に入ろうとする。

そこへ、ヒュンとバスケットボールが飛んでくる。

——危ないっ！

ぶつかる寸前、八雲先輩がボールを片手で受け止める。

「危なかった。みそらちゃん、大丈夫？」

「はい、あの、ありがとうございます」

バスケ部の男子たちが、申し訳なさそうな顔をして、ペコペコ頭を下げている。

八雲先輩は「大丈夫だよ」と笑顔で応えて、ボールを投げ返す。

これだから、女子だけじゃなくて、男子からも慕われてるんだよね。

優しくて、かっこよくて、みんなから頼りにされてて……。

日記によれば、てるてる坊主くんは『手の届かないような、憧れの人』らしい。

だから、今のところ八雲先輩じゃないかと思っているんだ。

「コートはバスケ部とバレー部が使ってるみたいだから、舞台の上に行ってみようか？」

「……はい！」

わたしと八雲先輩は、階段を上って舞台へ上がり、イースターエッグを探す。

暗幕をめくってみたり、舞台裏に入ってみたけれど、それらしいものはなさそう。

――こういうところに、隠してありそうな気がするんだけどなぁ。

キョロキョロしながら舞台の中央まで行くと、演台のそばに光るものを見つけた。

「先輩、そこに！」

「えっ……」

わたしと八雲先輩は、同時にその場でしゃがみこむ。

次の瞬間――

コツンッ……と。

向かい合っていたふたりは、おでこをぶつける。

ビックリして大きく目を見開くと、それを見た
八雲先輩がフッと笑みをこぼす。

「……ぶつかっちゃったね」

わたしは、あわてて飛び退く。

「ごごごごごごごつ、ごめんなさいっ！　まさか、
ぶつかるなんて思ってなくて！」

「僕の方こそ、ごめん」

おでこを押さえていると、その手を先輩がどける。

「ちょっと赤くなってる」

顔をのぞきこまれて、頬も耳もカーッと熱くなる。

アワワワワワワワワ……。

「へっ、平気です。イースターエッグ、ここには
ないみたいですね。見まちがいでした」

演台のそばで光っていた金具を指差し、その場

を適当にごまかして、さっと立ち上がったとき。

体育館へやって来た生徒会の子が、こちらに気づいて声をかけてくる。

「八雲せんぱーいっ！　そんなところで、何してるんですか？」

八雲先輩は、ギクッとする。

——あれ？　どうしたんだろう？

いつもスマートな先輩が、あせったような顔をするなんて珍しい。

「先輩、どうかしました？」

「別に、何もないよ……」

そうかな？　なんだか、元気がないけど？

「そういえば用事があったんだ。生徒会室へ行ってくるよ」

さっきまでキラキラしていたのに、急に顔色が曇って、先輩はふいっと視線をそらす。

「先輩……」

呼び止めようとしたけれど、すぐに背を向けられてしまった。

「じゃあ、わたしは他の場所で、イースターエッグを探してきますね」

わたしは手を振り、八雲先輩を見送る。

椿くんと急接近⁉

八雲先輩と別れた後、体育館を離れたわたしは、イースターエッグを探して中庭へやって来た。

ベンチの裏や植え込みのなか、あちこち確認してみたけれど、イースターエッグはどこにも見あたらない。

花壇のまわりをうろうろしていると、ガサガサッと物音が聞こえて、ハッと顔を上げる。

「……なんだ、天野か」

こちらへ近づいてきたのは、椿くんだ。

まさか、こんなところで会うなんて思わなかった。

「椿くんも、中庭で探してたんだ？」

ふいに、椿くんがこちらに手を伸ばす。

「なっ、何⁉」

ビックリして避けようとすると、椿くんが少しあせったような顔をする。

「待って！　動くなよ。虫がついてるから」

「ええっ⁉　どこっ！」

頭をブンブン振って、どうにか追い払おうとしたけれど、虫は落ちてこない。

ワタワタしていると、椿くんがひょいっと虫を捕まえて、花壇のほうへ逃がしてくれる。

「よかった、助かった〜っ。ありがとう、椿くん」

わたしは、ほっと胸をなで下ろす。

その様子を見ていた椿くんが、フッと笑みをこぼす。

「天野は、前から虫が嫌いだったからな。そういうのは、変わんねーな」

懐かしそうに、そう言って……もしかしたら、昔のわたしを重ねてみているのかな。

自分ではわからないけれど、昔と今とで変わっていないところが、思っているよりもたくさんあるみたい。

もっと話を聞きたくて、それとなく問いかけてみる。

「他には？　どんなことを知ってるの？」

椿くんは「しまった」と、あわてて視線をそらす。

「知りたきゃ、イースターエッグを見つけろ」

――またそんなこと言って。

「そこまで言ったなら、教えてくれてもいいのに」

「うるせーな……あっ、もしかして自信ないんだ？　俺には勝てないって？」

「そんなわけないでしょ！　わたしだって、椿くんに負ける気なんてないもん！」

ふたりでいると、つい張り合ってしまったり、言い争いになってしまったりするんだ。

「いいよ。勝負に勝って教えてもらうから」

わたしは、花壇の前でしゃがみ込む。

花を傷つけないようにそっとかき分けて、イースターエッグを探していると、ため息が聞こえてくる。

「……そんなに、昔のことが知りたいのかよ？」

椿くんは、呆れているのかな？

首筋に手をやり、ジトッとした目でこちらを見ていた。

でも、わたしはいつだって真剣だ。

「もちろん、知りたいよ」

だって、わたしにとっても、いっしょに過ごした誰かにとっても、かけがえのない思い出だから。

「大切にしていたものが何だったのか、思い出したいの」

記憶を取り戻すためなら、わたしは何だってする。

「それで、てるて……」

ついうっかり、てるてる坊主くんの話をしようとして、あわてて口を閉じる。

椿くんに知られたら、きっとからかわれるから、てるてる坊主くんや宝石箱のことはヒミツ。

「何か隠してんだろ？」

「きっ、気のせいでしょ」

何事もなかったような顔をして、ふいっとそっぽを向いた。

そのとき――グイッと！

腕をつかまれ、木の陰へ引っ張り込まれる。

「……ひゃあっ！」

悲鳴を上げた瞬間に、ボフッと顔を打った。

何これ？　どうなってるの⁉

ひとり隠れるのがやっとの大きさの木の陰に、ふたりで無理矢理隠れる。

「ちょっと、椿くん⁉」

「静かに！　じっとしてろ！」

「ええっ!?　なんで隠れるの？」

どこからか、話し声が聞こえてくる。

校舎の出入口のほうに、生徒たちの姿が見えた。

「探してるって知られたら、みんなここに集まってくんだろ」

椿くんは、みんなの様子をうかがっているみたい。

……って、待って、距離近くない!?

わたしは、椿くんの胸に顔をうずめていた。

——みっ、身動きが取れないよぉ。

顔を上げると、椿くんと目が合う。

キリリとした目元、澄んだ瞳がとてもきれい。

その瞳に見入っていると、頬を赤くした椿くんが、さっと視線をそらす。

トクントクンと聞こえていた心臓の音が、急に早くなる。

わたしと椿くんは、視線をそらしたまま、中庭に近づいてきたみんながいなくなるのを待った。

すると、カスミといっしょにその場へやって来たお兄ちゃんが声を上げる。

「中庭のイースターエッグは、もう全部回収されてるって」

ええっ!? せっかく隠れたのに!!

中庭に来ようとしていた生徒たちが、次々と校舎へ戻っていく。

カスミとお兄ちゃんも、こちらに気づかずにどこかへ行ってしまった。

誰もいなくなった後、中庭にひゅうっと風が吹き抜ける。

「椿くん、イースターエッグ、ないって」

「……らしいな」

ガサガサッと、木の陰から出たわたしと椿くんは、ささっと離れる。

何でもないフリをしてみたけれど、わたしはすごくあせっていたし、椿くんもまだ頬を赤くしていた。

理雨のひめごと

椿くんと別れて中庭を後にしたわたしは、またひとりで校舎内を捜索。

調理室まで来ると、調理台の下や引き出しのなかを確認する。

けれど、イースターエッグは見つからない。

「……中庭みたいに、この場所ももう回収されちゃったのかな？」

イスに座って「ふうっ」と一息ついたとき、誰かが室内に入ってくる。

「あれ？　理雨ひとり？」

こちらへやって来たのは、理雨だ。

教室を出るとき、理雨はカスミとお兄ちゃんと3人でいたのに。

「そういえば、さっき中庭にいたの、カスミとお兄ちゃんだけだったような……」

「うん、はぐれた」

「そうなの？　じゃあ、いっしょに探そう」

ふたりで仲良く？　イースターエッグを探すことに。

理雨は、マイペースでちょっと人見知り。

わたしとは、新学期が初対面みたい。

最初はそっぽを向かれてばかりだったけど、ようやく仲良くなってきたところなんだ。

「ちなみに、どこを探したの？」

わたしの問いかけに、理雨は指折りしながら答えてくれる。

「えっと、職員室のまわりと、保健室と放送室」

「そんなに？　すごいね！」

感心するわたしを見て、理雨はフッと鼻で笑ってみせる。

「オレにも、**目的**があるから」

「……目的って？」

「ないしょ」

いつもこんな感じで、何を考えているかは、さっぱりわからない。

でも、悩んだり困ったりしたときは、アドバイスをくれるし、悪い子じゃないと思うんだ。

ふいに理雨がこちらを向く。

「そっちは？　デジャブが起きて、記憶をちょっとずつ取り戻せてるんだよね？　てるてる坊主くんって人のことは、何かわかったの？」

わたしは、胸をキュッと押さえる。

「うん……」

てるてる坊主くんのことは、まだちょっとしか思い出せていない。

それでも、彼への想いがこの胸の奥にあるのはたしか。

「大切なものを思い出したい気持ちは、どんどんふくらんでいってて。わたしは、てるてる坊主くんが好きだったんだって、少しずつわかってきた気がするの」

こんなこと話せるのは、日記を見つけたときにその場に居合わせた、カスミと理雨だけ。

日記を見られてはずかしい思いもしたけど、それがわたしを知ってもらうきっかけになったのなら、あのとき理雨がいてくれてよかったと思ってる。

「いつも話を聞いてくれてありがと。理雨には、いろいろ気づかされることがあるんだ」

ふいに、理雨が顔を近づけてくる。

「理雨、何!?」

長いまつげ……肌は透けそうなほど白くて、すごくきれい。

みんながそわそわしちゃうのが、なんだかわかる気がした。

「それで？」

「そそそっ、それでって？」

理雨にグイグイつめよられて、戸棚に背中をぶつけたわたしは、オドオドしてしまった。

「それで、相手のことは？　顔とか、名前とか？」

「ええっと……顔と名前は、まだ……」

肝心なところは、なかなか思い出せないんだけどね。

そう言いかけた、次の瞬間。

「あった、イースターエッグ」

「えっ、理雨、どこどこ？」

理雨は、戸棚を開けて指差す。

奥の方は、暗くてよく見えない。

「そこに丸いのがあるんだけど」

「取り出してみよう。ちょっと手伝って」

ふたりで協力して、じゃまなものをどかしていくと、目の前に丸い玉子が姿を現す。

わたしと理雨は、顔を見合わせ、声をそろえて言う。

「見つけた――――――っ！」

イースターエッグだっ！

うれしくて、ふたりでパチンッとハイタッチ。

「すごい！　理雨、よく見つけられたね！」

理雨が、手に取ったイースターエッグを、こちらに差し出す。

「はい、これ」

「えっ？　わたしに？　譲ってくれるの？」

小さくうなずいた理雨は、わたしの手を包み込むようにして、イースターエッグを持たせる。

「あげるよ」

「ホントに!?　理雨、ありがとう！」

うれしくてたまらなくて、受け取ったイースターエッグを、光に透かしてみる。

……って、んんっ？

たしか、カラフルなペイントがされているはずだけど、その玉子は鉄製で真っ黒。

「これ、鉄玉子じゃない？　黒豆を煮るときに使う調理器具ね。うちにもあるよ」

　これは、イースターエッグではないみたい。

「だまされた……」

　ぽつりとそう言って、理雨は目を伏せる。

　そんなに切ない顔をされたら、こっちまで悲しくなっちゃう。

「理雨、他の場所も探してみよう」

　鉄玉子を元の場所に戻したわたしは、理雨の手を引きその場を後にしようとした。

　すると、本を抱えた八雲先輩が、調理室の前を通り過ぎるのが見えた。

「八雲先輩っ！」

　急いで廊下へ出て声をかけたら、先輩はビクリとする。

——あれ？　やっぱり変じゃなかった？

「先輩、どうしました？」

気になってそばにかけ寄ると、先輩はふいっと顔をそらす。

「生徒会室にあった本を返しに、図書館に行かないといけなくて……」

なんだか避けられているみたい。

どうしたらいいのかわからずにいると、八雲先輩は逃げるように早足で歩いていってしまった。

となりに並んだ理雨が、首をかしげる。

「会長、今日は変だね」

「理雨もそう思う？」

ふたりして、八雲先輩の後ろ姿をじっと見つめる。

勉強も運動も何でもカンペキにできるけど、だからこそ先輩は、がんばりすぎちゃうんだった。

「何かあったのかな？　先輩、もしかしたら困ってるのかもしれないよね？」

理雨が、わたしの背中を押す。

「気になるなら、追いかければいい」

振り向くと、理雨が「うん」とうなずいてみせる。

――どうしたらいいのかはわからない……けど、八雲先輩を追いかけよう。

わたしは、理雨に見送られてその場を後にする。

八雲先輩の想い

階段をかけ下り、廊下を抜けて、図書館の前で立ち止まる。

「まずは、先輩から話を聞こう」

大きく深呼吸をして、心を落ち着かせた後、扉を開けて室内へ入る。

図書館は、本棚の入れ替え作業で休館中。

貸し出しカウンターや、閲覧室のテーブルのうえに、本が山積みになっている。

「みそらちゃん？　どうしてここに？」

書庫の方から、八雲先輩の声が聞こえてきた。

足もとに積んであったダンボールを避け、書庫へ入ったわたしは、本棚の間を抜けていく。

窓のそばにいた八雲先輩が、こちらへ振り向く。

とても悲しげな顔だ。

「先輩、やっぱり元気ないですよね？　何かありました？」

そう尋ねると、八雲先輩は右手で顔をおおう。

「みそらちゃんには、隠しごとができないな」

やっぱり、何かあったんだ。

「八雲先輩……」

いてもたってもいられなくなって、八雲先輩のもとへ駆け寄ろうとした。

そのとき、ゴンッと本棚に肩をぶつける。

「みそらちゃん、危ないっ!!」

「……えっ？」

わけがわからず、本棚を背にして立ち尽くす。

わたしの頭上で、本の山が崩れ落ちる。

——危ないっ！

ギュッと目を閉じる。

ドサドサドサドサッ！

大きな物音と同時に、衝撃が足もとから伝わってくる。

けど、どこも痛くなくて……そっと目を開けて見る。

あたりには、本が散らばっていて。

本棚に手をついた八雲先輩が、正面に立っていた。

先輩が、落ちてきた本からかばってくれたんだ。

「先輩！　大丈夫ですか!?」

「僕は大丈夫だよ。みそらちゃんは？」

「わたしは平気です。先輩が助けてくれたから……あのっ、ごめんなさい！」

「僕の方こそ、書庫は危ないって、ちゃんと説明すればよかったのに」

「先輩は悪くないですよ」

ケガがないか心配して声をかけ合い、ほっとひと安心した。

けれど、八雲先輩の表情はまだ曇ったままだ。

わたしは、先輩に問いかける。

「八雲先輩、何があったんですか？　わたしにできることがあれば、言ってください」

顔を見上げると、先輩は眉尻を下げる。

「実は、職員室で先生たちが話しているのを、偶然聞いちゃったんだ。それで、イースターエッグの隠し場所を知ってて……でも、そう言えなくて」

「ええっ⁉　そうなんですか？」

「ごめん。みそらちゃんといっしょに探したい、イベントを楽しみたいって思っちゃったんだ」

「わたしが、先輩も探そうって言い出したから、断れなくなっちゃったんですよね？　気をつかわせちゃって、ごめんなさい」

「ううん、僕が最初に言わなかったのが悪いんだ」

八雲先輩の元気がなかったのは、本当のことを言い出せずに、罪悪感を抱いていたからだった。

そうとは知らずに、イースターエッグハントにさそってしまったなんて……。

申し訳なさそうにうつむく先輩を、まっすぐ見て言う。

「今日、先輩がいっしょにいてくれてうれしかったです」

先輩には、キラキラの笑顔でいて欲しいんだ。

だから、うれしい気持ちを半分こ。

ふたりで分け合うと二倍にも三倍にもなるんだって、前に先輩が言っていたから。

「イースターエッグハントが始まったとき、戻ってきてくれてありがとうございます。いっしょにイースターエッグを探せて、すっごく楽しかったです！」

——わたしの気持ちが、先輩に届いたらいいな。

そう思って笑顔をみせると、顔を上げた八雲先輩は、うれしそうに目を細める。

「よかった、先輩が笑ってくれて」

気が抜けたせいか、わたしもクスクスと笑ってしまった。

すると、八雲先輩が本棚から手に取ったものを、こちらに差し出す。

「これを……みそらちゃんといっしょに探したかったんだ」

ピンクのうさぎの柄が描かれた、イースターエッグだ。

次の瞬間、視界に星くずがキラキラと舞う。

☆☆☆

あちこちに積み上げられた本の山。

窓から降り注ぐオレンジ色の光。

彼が、イースターエッグをこちらに差し出す。

逆光で、顔はよく見えなかった。

でも、彼は笑っていたような気がする。

イースターエッグを受け取った私も、うれしくて笑顔になった。

☆☆☆

映像はぼんやりしていて、てるてる坊主くんの顔は見えなかった。
だけど、あのとき感じたときめきを、ほんのちょっとだけ思い出すことができた。
わたしは、両手で胸をキュッと押さえた。

勝負の行方は……

下校時刻が近づくと、カスミとお兄ちゃん、理雨、それに椿くんが生徒会室へやって来る。

八雲先輩といっしょに、みんなが集まるのを待っていたわたしは、理雨に声をかける。

「理雨、さっきはありがと。先輩とちゃんと話ができたよ」

「……そう」

相変わらず、理雨は素っ気ない感じだった。

だけど、ちょっとだけ笑っているような気がした。

ううん、きっとそうだ。

「りっちゃん、イースターエッグハント、楽しかった？」

「うん。変な玉子にだまされたけど」

カスミと話をする理雨を見ていたら、わたしもうれしくて笑顔になる。

すれちがいや誤解もあって、どうなるかと思ったけど、イースターエッグハントをみんな楽しんだみたい。

――それじゃあ、ここで結果発表！

「みんな、イースターエッグは？」

お兄ちゃんの問いかけに、みんな両手をひらひら振ってみせる。

八雲先輩が見つけたイースターエッグは無効で、生徒会に返してしまった。

他は誰も見つけられなかったみたいだ。

椿くんが、こちらを向く。

「勝負はドロー。昔の話を教えるのは、写生大会の結果発表までおあずけだな」

「えーっ！　なんでっ！」

「当然だろ！　天野が勝ったら、って言ったからな！」

ふたりで言い合っていると、後から来た男子が、イースターエッグを提出する。

受付をしていたのは、三年生で生徒会副会長の女の子。

イースターエッグを確認した副会長は、男子に賞品を手渡す。

今年の賞品は、イースターエッグ型のキーホルダー。

それを見たわたしは、こっそり副会長に声をかける。

「あの、去年わたしがイースターエッグを持ってきたとき、誰かいっしょでした？」

「あなた、天野くんの妹のみそらちゃんだよね？　去年はたしか、みそらちゃんひとりで来たよ」

「賞品のペンをもらっていきましたよね？　これなんですけど……」

うさぎのペンを見せると、副会長はきょとんとする。

「あれ？　去年の賞品は、**星柄のペン**だったよ」

わたしは、目を大きく見開く。

「……じゃあ、このペンは？」

いったい、どうなってるの⁉

ガラッと扉が開いて、担任の先生が顔をのぞかせる。

「天野、すまない。あのペンの持ち主が見つかったんだ」

どうやら、うさぎのペンは別の人のものだったみたい。

つまり、てるてる坊主くんとは無関係。

担任の先生から、本当の持ち主に返してもらうことになった。

その日の夜、自分の部屋にいたわたしは、去年のイースターエッグハントでもらった『星柄のペン』を、机の引き出しで発見した。

「これが、去年もらったペンかぁ……」

日記に書いてあったとおり、てるてる坊主くんとイースターエッグを探したんだ。

あのとき感じたときめきは、今もこの胸の奥にある。

それを、改めてたしかめることができた。

星柄のペンを手帳にはさんで置いたそのとき、手がコツンと宝石箱にふれる。

金の装飾がほどこされ、星くずのようにラインストーンがちりばめられた宝石箱。

この箱を開けるときは、大切な気持ちを思いだしてからにしようと決めている。

でも、どうしても気になって……ダイヤルを回して、数字をセットする。

『0424』は、このペンについて書かれていた、日記の日付だ。

カギを開けようと、そっと手を伸ばした。

しかし、うんともすんとも言わない。

「……開かないね」

わたしは、宝石箱をキュッと抱える。

カギは開かなくて残念だったけど、イースターエッグハントに参加したおかげで、てるてる坊主くんのことをちょっとだけ思い出せたし、結果オーライ！

「この調子で、どんどん記憶を取り戻していこう！」

写生大会の結果発表はもうすぐ。

まさか、発表当日にとんでもないことが起きるなんて、思ってもみなかった……けど、それはまた別のお話。


てるてる坊主くんを見つけて、宝石箱を開けるために、またがんばろーっ!!

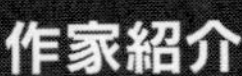

ひのひまり

おとめ座のO型。奈良県在住。2018年、「エスパー部へようこそ」で第6回角川つばさ文庫小説賞一般部門特別賞を受賞。「四つ子ぐらし」シリーズでデビュー。好きな食べ物はお肉料理。好きな色は緑。

七都（ななと）にい

2000年生まれ。愛知県在住。今は大学院在学中。第9回角川つばさ文庫小説賞「金賞」を受賞し、本シリーズでつばさ文庫デビュー。ほかの作品に『チーム七不思議はじめます！』(集英社）がある。人なつっこい愛犬と、ユニークな寝相をみせる愛猫に日々いやされている。

無月（むつき） 蒼（あお）

熊本出身の福岡在住。趣味は犬や猫など動物の動画を見ることと、読書。ヒヤッとするオカルト話も、キュンとする恋の話も好き。小説投稿サイト「カクヨム」で執筆をはじめ、『アオハル100%行動しないと青春じゃないぜ』で第12回角川つばさ文庫小説賞一般部門金賞を受賞。

佐織（さおり）えり

うお座のB型。愛知県在住。猫とコーヒーが好き。2023年、角川つばさ文庫「サイコロヲフレ」シリーズで児童文庫デビュー。ほかの作品に『記憶のその先で、キミに会えたなら』（メディアワークス文庫）などがある。

佐倉おりこ／絵
１月８日生まれ。栃木県在住のフリーのイラストレーター・漫画家。児童書・小説挿絵、イラスト技法書、漫画、キャラクターデザインなどを手掛ける。

しめ子／絵
２月４日生まれの水瓶座Ｏ型。広島県出身。児童書などでイラストや漫画を執筆。

水玉子／絵
５月23日生まれのイラストレーター。愛知県出身。イラストを担当した書籍に『かのこちゃんとマドレーヌ夫人』（角川つばさ文庫）などがある。

夕陽みか／絵
埼玉県在住のイラストレーター。ソーシャルゲームや書籍、実況グループ「カラフルピーチ」のイラストなど幅広く活躍中。

角川(かどかわ)つばさ文庫(ぶんこ)

おもしろい話(はなし)、集(あつ)めました。Ⓒ(クローバー)

作(さく)　ひのひまり・七都(ななと)にい・無月(むつき) 蒼(あお)・佐織(さおり)えり
絵(え)　佐倉(さくら)おりこ・しめ子(こ)・水玉子(みずたまこ)・夕陽(ゆうひ)みか

2024年11月13日　初版発行

発行者　山下直久
発　行　株式会社KADOKAWA
〒102-8177　東京都千代田区富士見 2-13-3
電話　0570-002-301（ナビダイヤル）
印　刷　株式会社暁印刷
製　本　本間製本株式会社
装　丁　ムシカゴグラフィクス

ISBN978-4-04-632345-3　C8293　N.D.C.913　182p　18cm

読者のみなさまからのお便りをお待ちしています。下のあて先まで送ってね。
いただいたお便りは、編集部から著者へおわたしいたします。

〒102-8177　東京都千代田区富士見 2-13-3　角川つばさ文庫編集部

「フツウ」なんかブッとばせ!!

七都にい・作　しめ子・絵

緑田小に転校してきたふたご。サッカーが得意な「あかねくん」と、おえかきが上手な「かえでちゃん」。でも2人には、絶対にバレちゃいけないヒミツがあって!?
好きなものを「好き」と言いたい…そのために始めた、2人の「チャレンジ」とは!?

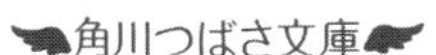

第12回 角川つばさ文庫小説賞〈金賞〉受賞作